散文新四書

冬之妍

廖玉蕙 編著

劉大任 康芸薇 琦君 吳晟 平路 田威寧 林懷民 余光中 劉靜娟 黃信恩 陳義芝

三民書局

國家圖書館出版品預行編目資料

散文新四書 冬之妍／廖玉蕙編著.－－二版六刷.－－
臺北市：三民，2018
面；　公分.－－(文學流域)

ISBN 978-957-14-5273-9　(平裝)

855　　98019430

© 散文新四書　冬之妍

編著者	廖玉蕙
總策劃	林黛嫚
發行人	劉振強
著作財產權人	三民書局股份有限公司
發行所	三民書局股份有限公司 地址　臺北市復興北路386號 電話　(02)25006600 郵撥帳號　0009998-5
門市部	(復北店) 臺北市復興北路386號 (重南店) 臺北市重慶南路一段61號
出版日期	初版一刷　2008年9月 二版一刷　2010年2月 二版六刷　2018年4月修正
編號	S 811480

行政院新聞局登記證局版臺業字第○二○○號

ISBN　978-957-14-5273-9　(平裝)

http://www.sanmin.com.tw　三民網路書店

散文新四書

編輯凡例

一、在文學中書寫人生境遇，中國古典文學傳統中不乏其例，宋朝詞人蔣捷的〈虞美人〉是一個代表，「少年聽雨歌樓上，紅燭昏羅帳；壯年聽雨客舟中，江闊雲低，斷雁叫西風；而今聽雨僧廬下，鬢已星星也」，辛棄疾也有類似的心情抒發，「少年不識愁滋味，愛上層樓。愛上層樓，為賦新詞強說愁。而今識盡愁滋味，欲說還休。欲說還休，卻道天涼好個秋」。

二、至於結合季節與人生感慨的詩句，在詩詞中是普遍的題材，自然界的變化就是人生的道理，如寫春天的「小樓一夜聽春雨」、「春風又綠江南岸」等；歌詠夏天的如「孟夏草木長，繞屋樹扶疏」、「綠樹陰濃夏日長，樓台倒影入池塘」、「綠槐高柳咽新蟬，薰風初入弦」等；藉秋天抒懷的如「懷君屬秋夜，散步詠涼天」、「空山新雨後，天氣晚來秋」、「秋風吹不盡，總是玉關情」、「戍鼓斷人行，邊秋一雁聲」等；書寫冬天的如「天時人事日相催，冬至陽生春又來」、「君自故鄉來，應知故鄉事。來日綺窗前，寒梅著花未？」

三、現代文學中的散文作品如何運用季節的意象來表現人生？「散文新四書」邀請名家執編，各書主編皆在大學院校任教，教授現代文學課程，並在文學創作方面卓有聲名，《春之華》由小說家林黛嫚主編，《夏之豔》由散文家周芬伶主編，《秋之聲》由詩人陳義芝主編，《冬之妍》由散文家廖玉蕙主編。

四、林黛嫚說，我們在春天歡笑，在春天哀傷，在春天沉思，在春天展翅，春天的澎湃活力，以及多樣面貌，如同童年、少年、青少年有那麼多揮霍不完的青春；周芬伶說，人生之夏，是生命力昂揚的時節，感覺變得敏銳，世界也對我們開展，夏日是屬於記憶的，叫人務必張大雙眼追尋它的熱與塵；陳義芝認為，最能激發人聯想，引動心思去遼遠的時間、空間之外盤旋的，就是意態豐富的秋天；廖玉蕙表示，冬天也可以既妍又麗，繽紛似剪，崢嶸如畫，莫道冬容憔悴。本系列文選每一篇都有一個洗滌人心的故事，可以單本閱讀，也可四本接續品賞。

五、每篇收錄文選中的作品皆由主編撰寫「作者簡介」及「作品導讀」，務期方便讀者欣賞、習作與研究。「作者簡介」除呈現作家生平概略與整體創作風貌之外，同時加入主編對作者的認識，提供讀者另一個親近作者的角度；「作品導讀」則除了深入淺出賞析文本，並從作者的寫作方法切入，讓讀者也可由此文本學習散文創作。

【序】

誰道冬容憔悴！

廖玉蕙

人們總是偏愛春華、夏豔，感覺就算淒淒切切、呼號奮發的秋聲，也比寒雲著巾、寒風裂襦的冬季來得動人。一說到冬天，大夥兒總不由想起老病、枯寒、沒有希望。其實，人生四季，春耕、夏種、秋收、冬藏，風景各殊，人情百變，姿態的妖嬈婀娜乃無分軒輊。宋代黃裳寫〈永遇樂〉詞「繽紛似剪，崢嶸如畫，莫道冬容憔悴」，大聲為冬天久蒙憔悴的風評抱屈。清代詩人潘德輿行走在鎮江到江寧的山間，寫下「人畏冬山肅，我愛冬山麗。老木妍新霜，淺紅透深翠。潤以淡水墨，遙山抹松際」的詩句，為冬日的山景重新彩繪，他不再執著蒼白，看出霜雪為老木添了美妍，深翠中透出動人的粉紅。如此說來，冬天也可以既妍又麗，誰敢說冬容必定憔悴！

如以人生四境區分，老人常常能精彩過於少壯，年富力強固然生就勇猛剛健，年過六十之後，雖年齡生理都日趨老邁，但思想也同臻高地，別具舒徐穩重之美。如果讀通了《莊子》，便知道生老病死，屬自然法則，只有順任自然，應時而生，順理而死，所謂安時處順，才見智慧。因此，四季循環、生老病死既是不可免的人生常態，只有設法看見冬天之妍，老年之美，才是聰明的養神之方。本書題曰：「冬之妍」，其理在此。

本書選文標準，以文字精鍊靈動、內容溫暖幽默為主，不希望因循「冬容憔悴」的制式觀念，然因安時處順，所以，也不辭老病生死。作家從琦君以降，依年齡序為余光中、康芸薇、劉大任、劉靜娟、吳晟、黃碧端、林懷民、平路、陳義芝、田威寧和黃信恩等十二家。就年齡層分布而言，分屬老中青三代；就文章內容而論，以人際為範疇，親情為大宗。

余光中敘個人寫作事業所伴隨而來的駁雜枝節；琦君寫夫妻互補相處之道，薑，果然是老的辣！都幽默風趣。康芸薇、劉大任記與子女互動，無論袒露或含蓄，都情感豐沛。陳義芝傷心悼念亡故少子，讓天下人同聲一哭。劉靜娟、平路摹寫與父親的親密關係，一清淡，一綿密，各具風情；吳晟、林懷民記錄母親慈愛的身影，不管身居鄉村或城市，為母則強。田威寧藉猴子敘疏離家庭，掌握時代脈動；黃信恩用時差記載侍親之難，謀篇裁章俱見功力。黃碧端為歷史作傳兼刻劃名人長輩，意味深長，孫將軍形象或將因之不朽。文章編排由關係遠近為序，以余光中夫子自道開端、黃碧端摹人記事收尾，十二篇文章的題材環繞人際，但表達各具特色，篇篇雋永有味。

講到冬天，我特別喜歡宋范成大的〈冬日田園雜興〉詩：「松節燃膏當燭籠，凝煙如墨暗房櫳。晚來拭淨南窗紙，便覺斜陽一倍紅。」暗夜逐漸欺近的冬日，只要將南邊窗紙擦拭乾淨，就可以看到加倍妍麗的斜陽。我就是懷抱著這樣的心情，從眾多刻劃老年心境或傷痛悼亡的文章中披沙揀金，集結成冊，像擦拭南窗般，冀望讓讀者看到繽紛似剪，崢嶸如畫的冬容和最圓、最紅也最美的夕陽。

散文新四書

冬之妍

目次

我是余光中的祕書

余光中

無盡無止無始無終的疑難雜事，
將無助的我困於重圍，永不得出。
令人絕望的是，
這些牛毛瑣細，
舊積的沒有減少，新起的卻不斷增多，
而且都不甘排隊，總是橫插進來。

「請問這是余光中教授的辦公室嗎?」

「是的。」

「請問余教授在嗎?」

「對不起,他不在。」

「請問您是——」

「我是他的祕書。」

「那,請您告訴他,我們還沒有收到他的同意書。我們是某某公司,同意書一個月前就寄給他了——」

接電話的人是我自己。其實我哪有甚麼祕書?這一番對答,並非在充場面,因為我真的覺得,尤其是在近來,自己已經不是余光中,而是余光中的祕書了。

詩、散文、評論、翻譯,一向是我心靈的四度空間。寫詩和散文,我必須發揮創造力。寫評論,要用判斷力。做翻譯,要用適應力。做這些事情的時候,我才自覺生命沒有虛度。但是,記得把許可使用自己作品的同意書及時寄回,或是放下電話立刻把演講或評審的承諾記上日曆,這些紛繁的雜務,既不古典,也不浪漫,只是超現實,「超級的現實」而已,不過是祕書的責任罷了。可是我並沒有祕書,只好自己來兼任了，不料雜務愈來愈煩，兼任之重早已超過專任。

退休三年以來，我在西子灣的校園仍然教課，每學期六個學分。上學期研究所的「翻譯」，每週都要批改練習，而難纏的「十七世紀英詩」仍然需要備課。退休之後不再開會了，真是一大解脫。大頭會讓後生去開吧。回頭看同事們臉色沉重，從容就義一般沒入會議室，我有點倖免又有點愧疚之感。

演講和評審卻無法退休。今年我去蘇州大學、東南大學、南京大學、廈門大學，甚至母鄉常州的前黃高中，已經演講了八場，又去香港講了兩場。如果加上在台灣各地的演講，一共應該在二十場以上。但是我婉拒掉的邀約也有多起。其實演講本身並不麻煩，三分學問靠七分口才，在講之外更要會演。真是錦心繡口的話，聽眾愈多就愈加成功。至於講後的問答與簽名，只是餘波而已。麻煩的倒是事先主辦者會來追討講題與資料，事後又寄來一疊零亂的紀錄要求修正。所謂「事後」，有時竟長達一年之後，簡直陰魂不散，真令健忘的講者「憂出望外」，只好認命修稿，將出口之言用駟馬來追。

近年去各校演講，高中多於大學。倒不是大學來邀的較少，而是因為中山大學的列任校長高估了我，以為我多去高中會吸引畢業生來投考中山。所以我去高中演講，有點「出差」的意味。其實高中生聽講更認真，也更純真。大學生呢，我在各大學已經教了四十年，可謂長期的演講了。

評審是一件十分重要但未必有趣的事情。文學獎的評審不但要為本屆的來稿定位，還會影響下屆來稿的趨勢，當然必須用心。如果來稿平平，或者故弄玄虛，或者耽於流行的招數，評審委員就會感到失望甚至憂心。但若來稿不無佳作甚至珍品，甚至不遜於當代的名作，則評審委員當有發掘新秀的驚喜，並期待能親手把獎頒給這新人。被主辦單位指定為得獎作品寫評語，也不一定是賞心樂事，因為高潮已退，你還得從頭到尾把那些詩文詳閱一遍，然後才能權衡輕重，指陳得失。萬一你的首選只得了佳作，而獨領冠軍的那篇你並不激賞甚至不以為然，你這篇評語又怎能寫得「顧全大局」呢？

另一種評審要看的是學術論文，有的是為學位，有的是為升等，總之都要保密。看學位論文是為了要做口試委員，事先需要保密，事後就公開了。但是看升等論文，則不分事先事後，都得三緘金口，事態非常嚴重。這種任務純然黑箱作業，可稱「幕後學術」，其為祕密，不能像緋聞那樣找好友分享。諷刺的是，金口雖緘，其金卻極少，比起文學獎的評審費來，不過像零頭，加以又須守密，所以也可稱「黑金學術」。這也罷了，只是學術機構寄來的洋洋論文，外加各種資料，儘管有好幾磅重，有時並不附回郵信封。我既無祕書，又無「行政資源」，哪裡去找夠大夠牢的封袋來回寄呢？

「你為甚麼不叫助教代勞呢？還這麼親力親為！」朋友怪我。

倒好像我還是當年的系主任或院長，眾多得力的助教，由得我召之即來，遣之即去。其實，系裡的助教與工讀生都能幹而又勤快，每天忙得像陀螺打轉，還不時要為我轉電話，或者把各方對我的邀約與催迫寫成字條貼在我的信箱上。這些已經是她們額外的負擔，我怎能加重要求？

我當然也分配到一位「助理」。禮文是外文系的博士生，性格開朗，做事明快，更難得的是體格之好非其他準博女、準碩女能及。她很高興也實際為我多方分勞，從打字到理書，服務項目繁多。不過她畢竟學業繁重，不能像祕書一樣周到，只能做「鐘點零工」。

所以無盡無止無始無終的疑難雜事，將無助的我困於重圍，永不得出。令人絕望的是，這些牛毛瑣細，舊積的沒有減少，新起的卻不斷增多，而且都不甘排隊，總是橫插進來。

以前出書，總在台灣，偶在香港。後來兩岸交流日頻，十年來我在大陸出書已經快二十種，有的是單本，有的是成套，幾乎每一省都出了。而每次出書，從通信到簽合同，從編選到寫序到提供照片，有時還包括校對在內，牽涉的雜務可就多了。像上海文藝出版社出的一套三本，末校寄給我過目。一看之下，問題之多，令我無法袖手，只好出手自校。一千二百頁的簡體字本，加上兩岸在西方專有名詞上的譯音各有一套，早已「一國兩制」了，何況還有許多細節涉及敏感問題，因此校對之繁，足足花了我半個月的時間。

同時在台灣，新書仍然在出。最新的一本《含英吐華》是我為十二屆梁實秋翻譯獎所寫評語的合集，三百多頁詩文相繆，中英間雜，也校了我一個禮拜。幸好我的書我存都熟悉，一部《梵谷傳》三十多萬字，四十年前她曾為我謄清初稿，去年大地出最新版，又幫我細校了一遍，分勞不少。

天下文化出版了《茱萸的孩子》，意猶未盡，又約傅孟麗再撰一本小巧可口的《水仙情操——詩話余光中》。高雄市文獻委員會把對我的專訪又當作口述歷史，出版了一本《讓春天從高雄出發》。不久廣州的花城出版社又推出徐學所著《火中龍吟——余光中評傳》。九月間爾雅出版社即將印行陳幸蕙在《幼獅文藝》與《明道文藝》上連刊了三年的《悅讀余光中：詩卷》。四本書的校稿，加起來不止千頁，最後都堆上我的紅木大書桌，要「傳主」或「始作俑者」親自過目，甚至寫序。結果是買一送一：我難改啄木鳥的天性，當然順便校對了一遍。

校對似乎是可以交給祕書或研究生去代勞的瑣事，其實不然。校對不但需要眼明心細，耐得住煩，還需要真有學問，才能疑人之所不疑。一本書的高下，與其校對密切相關，如果校對粗率，怎能贏得讀者的信心？我在台灣出書，一向親自末校，務求謬誤減至最少。大陸出書，近年校對的水準降低，有些出版社倉卒成書，錯字之多，不但刺眼，而且傷心。評家如果根據這樣的「謬本」來寫評，真會「謬以千里」。

另一件麻煩事就是照片。在視覺主宰媒體的時代，讀者漸漸變成了觀眾，讀物要是少了插圖，就會顯得單調，於是照片的需要大為增加。報刊索取照片，總是強調要所謂「生活照片」，而且出版在即，催討很緊。家中的照相簿與零散的照片，雖已滿坑滿谷，永遠收拾不清，但要合乎某一特殊需要，卻是只在此櫃中，雲深無覓處。我存耐下心來，苦搜了半夜，不是這張太年輕，那張太蒼老，就是太暗，太淡，或者相中的人頭太雜，甚至主角不幸眨眼，總之，辛苦而不美滿。難得找到一張真合用的，又擔心會掉了或者受損。

而如果是出書，尤其是傳記之類，要提供的「生活照片」就不是三兩張可以充數的了。自己的照片從少到老，不免略古而詳今，當然「古照」本來就少，只好如此。與家人的合照倒不難找，我存素來喜歡攝影，也勤於裝簿。與朋友的合照要求其分配均衡，免得顧此失彼，卻是一大藝術。但是出版社在編排上另有考慮，挑選之餘，均衡自然難保。大批照片能夠全數完璧回來，已經值得慶幸了。為了確定究竟寄了哪些照片出去，每次按年代先後編好號碼、逐張寫好說明，還得把近百張照片影印留底。有時一張照片年代不明，夫妻兩人還得翻閱信史，再三求證。目前我的又一本傳記正由河南某出版社在編排，為此而提供給他們的一大袋照片，許多都是一生難再的孤本，不知道甚麼時候才能浪子回家？

這許多分心而又勞神的雜務，此起彼落，永無寧時。他人代勞，畢竟有限，所以自己不能不來兼差，因而正業經常受阻，甚至必須擱在一邊。這麼一再敗興，詩意文心便難以為繼了。我時常覺得，藝術是閒出來的，科技是忙出來的。「閒」當然不是指「懶」，而是俯仰自得、遊心太玄、從容不迫的出神狀態，正是靈感降臨的先機與前戲。

現代人的資訊太發達，也太方便了，但是要吸收、消化、運用，卻因此變得更忙。上網就是落網，終於都被那隻狡詭的大蜘蛛吞沒。啊不，我不要做甚麼三頭六臂、八腳章魚、千手觀音。我只要從從容容做我的余光中。而做余光中，比做余光中的祕書要有趣多了。

——《余光中幽默文選》，天下

作者簡介

余光中

一九二八年生，福建永春人。台灣大學外文系畢業，美國愛荷華大學文藝碩士。先後任教台灣師範大學英語系、政治大學西語系、香港中文大學中文系、中山大學外文研究所。二〇一七年十二月逝世，享壽九十歲。曾獲國家文藝獎、吳三連文藝獎、中山文藝獎、時報文學獎新詩推薦獎、新聞局圖書金鼎獎主編獎。

余先生在文學創作的競賽場上，已與時間拔河近六十年。這位著名的學者、詩人和散文家，至今為止，已經出版了《聽聽那冷雨》、《望鄉的牧神》、《青銅一夢》、《余光中幽默文選》等散文集和《天國的夜市》、《高樓對海》等詩集，共七十多本著作。他非但是位知名的詩人，甚且在中國現代散文的寫作闢出一條更為廣闊的道路。不論他的詩、散文作品或所提出的理論，都給讀者一種新而壯闊的感覺。他的散文，因為著重現代詩象徵語言的融入，而顯得精緻深遠。最讓人印象深刻與佩服的，是他對土地經驗的敏感與珍惜。幾乎每個他住過的地方，他都真誠地用心生活與感受，而且留下十分豐盛的作品與記憶。這種對土地的熱愛、珍視，對年輕閱讀者的影響，應該是既深且遠。套一句評論家李瑞騰先生的評語：「寫出永恆而不僅僅是把『永恆』字詞寫進詩中。」

余先生坦承自己的寫作是「文類亂倫」，以詩為文、以文為論、以譯為論。因為他的文學發展從詩開始，後來寫散文就有點兒「以詩為文」，其後才逐漸又回到寫散文像散文的境界；而他寫評論，也常以文為論，注重文采，有比喻、講究音調，不只說理，也呈現文學之美，比較像一篇散文。翻譯時，也寫序，序裡有許多自己的看法，翻譯中有他的評論在裡頭。

作品導讀

覷破人生世態的種種荒謬

本文選自《余光中幽默文選》，余先生在書裡強調「幽默之為用大矣哉！」但也承認幽默感是十分可貴的秉賦，並非人人都有。有的得天獨厚，慧心能覷破人生世態的種種荒謬，繡口能將神來的頓悟發為妙語。這種人若有彩筆，幽默的文章自然源源不絕，奔赴腕下。余先生就是天賦異稟的幽默作家，他的錦心繡口曾道出多少奇思妙想，想來讀者都能心領神會。他自認早期的散文流露幽默的不多；諧謔的戲筆漸多，應該始於中年。他的幽默感較近於王爾德，也受到梁實秋的情趣和錢鍾書的理趣影響。

因為創作時間綿長，加上創作力豐沛，作品精緻，廣受讀者喜愛，伴隨而來的副業幾乎嚴重干擾了余先生的寫作正職。本來應該坐在書房內埋首寫作的作家，隨著書籍的出版而來的校對工作，就夠讓人煩心了；而在視覺主宰媒體的時代，生活照入書成為新的潮流，在家中相簿苦尋合乎需求的照片更成為分心勞神的差事；而因著邀約不斷的演講而來的，除了問答與簽書的簡單任務外，可怕且繁瑣的事前被追討講題、講義，事後修改凌亂的演講紀錄，更是讓人退避三舍。而因為作品廣受出版家及讀者青睞，大量的填寫授權書、提供照片，甚至跟侵害著作權的出版商打官司也跟著轉載需求源源不斷。評審工作又是另一種繁重工作，不管徵文比賽的評定、學報論文或升等論文的審查，都附帶撰寫評語及郵寄奉還的枝枝節節。這些原本屬於祕書的工作，全落到余先生的身上，年近八十的余光中先生不禁要頻呼吃不消。〈我是余光中的祕書〉一文，娓娓道盡這種種讓詩人手忙腳亂的窘境，相信這些困擾，絕不只見諸余先生身上，許多文壇作家看了，都要會心一笑、拍案叫絕。

我的另一半

琦君

我的那一半，
自然是優點多於缺點。
即使是缺點，
在他自己看來，都是優點
——男子漢的通性，
大丈夫的氣度，
所以做妻子的也沒有不欣賞的自由。

俗語說：「年少夫妻老來伴。」又說：「不是冤家不碰頭。」中年以後，和「冤家」廝守在一起，彼此欣賞著對方的優點和缺點，這分樂趣，也許更有勝於「含飴弄孫」呢！

我的那一半，自然是優點多於缺點。即使是缺點，在他自己看來，都是優點——男子漢的通性，大丈夫的氣度，所以做妻子的也沒有不欣賞的自由。

他的特色太多了，我先說哪一樣呢？對了，慢動作。他的慢動作是他的服務機關全體同仁都知道的。下班時，四個人合坐一輛計程車，總是三缺一，總得等他。他慢條斯理地整理公文，慢條斯理地分別收進抽屜或鐵櫃，鎖上了，拉兩下，再拉兩下才放心。然後慢條斯理地走到電梯口，電梯太擠寧可走下去，為了安全。等得大門口的三個人直嘆氣，說他是「老虎追來了，還得回頭看看是公的還是母的」。真沉得住氣。就為他這麼慢，做事倒真的很少出錯。他說：「忙中不一定有錯，快中才有錯呢！」也不無道理。再說候計程車吧，也總得挑選：車子太舊的不坐，不乾淨。司機太年輕的不坐，因為年輕人喜歡開快車，不安全。嘴裡叼著菸捲的不坐，煙和菸灰噴向後座受不了。豎眉瞪眼的不坐，免得嘔氣。非得選一輛八成新以上的車輛，司機中年以上，看去慈眉善目的，他才肯舉手招呼他停下來。真難為那三位夥伴，得付出多大的耐心陪他等。但他們儘管嫌他太慢，卻也不和他拆夥。因為車錢由他管，每月結帳一次。哪一個少坐幾次，哪一個帶朋友補空缺，他都記得一清二楚。車錢三一三十一，四二添作五，公平合理，因為，他本身幹的就是一絲不苟的會計工作。

因為他是會計人員，他也把公事房的那套記帳方式搬到家裡來，教我於日常家用記分類帳。列出菜金、交通、娛樂、交際、醫藥等項目專欄，叫我於花錢後分別記入，於月底結算時，可以看出家用支配是否合理，哪一項是否超出預算。剛開始我大感興趣，認為這真是最好的家庭計畫經濟。可是記了一陣子，就感到分類太細太繁複而且許多支出攪和在一起，很難分類。比如說坐計程車去西門町看電影，車錢屬於交通費，票錢屬於娛樂費，應該記入哪一項目之下呢？如果請朋友一同看，那麼應該歸入交際費呢？還是娛樂費呢？再比如坐計程車看病，花的錢也得分別記入交通費與醫藥費兩項之下，記得我五心煩躁。當家庭主婦又不是公務員，何必如此一點一畫認真呢！有時太忙忘了記，兩三天後再來回憶記倒帳，記著記著，就變成一片糊塗帳。每項結算下來，收支結存都對不起來，我說：「對不起來的數目，就算它『呆帳』好了。」他哈哈大笑說：「怎麼叫呆帳呢，付出去收不回的錢才叫呆帳。」我說：「我們用出去的錢難道還收得回來嗎？」他搖搖頭嘆口氣說：「沒辦法，你會計學根底太差了，連基本的常識都沒有，不可教也。」一副老師架子，真叫人不服氣，想想他這把牛刀，何必捧到家裡來殺雞呢？於是我在帳簿上寫了幾句打油詩：「進錢以左手，出之以右手，左手不如右手順，錢如流水非我有。」記帳之事，就此告一結束。

豈只是這一件事，在日常生活上，你只要向他一請教甚麼，他那高山仰止的老師威嚴就出現了。你若是問他去某某地方怎麼走，搭甚麼車。他先不開腔，從書架上取出花花綠綠的台北市地圖，打開來在上面指指點點：「你來看嘛，搭這路車，到這裡下車就朝東再轉南，不要向北走。」我哪分得清東西南北，我只會左右轉，前後轉。跟我說東南西北，我就成了迷途的羔羊。我尤其不喜歡看地圖，在中學時，我的地理常常只有六十分。現在還要拿放大鏡在地圖上轉，更叫我頭暈眼花了。他生氣了：「你這人怎麼這樣笨嘛，算了算了，你就坐輛計程車多省事。」偏偏我是個不喜歡坐計程車的人，一年到頭，不分春夏秋冬，不論天晴下雨，總是一把傘，一雙平底皮鞋，三種不同的公車回程票，就跑遍天下。可是他說：「你的時間都等車等掉了，你知道嗎？時間就是金錢，你知道嗎？」我怎麼不知道，就因為他喜歡搭計程車；花錢太多，我就偏偏搭公車，把他花出去的車錢省回來。他又喟然嘆息道：「你真是固執得跟自己過不去，我呢？寧可錢吃虧，不可人吃虧。」

問路的事還不說，最使他發揮權威的是關於各種機器的用法。當我們剛買冷氣機時，問他先開哪個鈕子，他不耐煩地說：「自己看嘛，邊上不是有字寫得清清楚楚的嗎？」我偏偏懶得看，於是他來說了。中文裡夾英文單字，好像出國多年，剛回來的樣子，幸虧他的四川英文，我已聽習慣了。他指著鈕子說：「這是苦兒 (Cool)，那是我磨 (Warm)，這是阿富 (off)，那是阿翁 (on)。最要緊是開的次序，一定要先按反衡 (Fan) 才按苦兒，再按苦爾德 (Cold)，機器才不容易壞。」太複雜了，我寧可熱點，每天等他下班回來才由他按鈕子。還有教拍照，他更神氣了。說我頭腦簡單，距離光圈、速度等等一概搞不清，索性不必管。每回我要借用他的照相機，他就把各點都固定起來，只叫我對黃點點裡，兩個鼻子合成一個了就按鈕子。前年我訪美時，臨行前夕他才把全部原理匆匆說了一遍，我哪有心思聽。在芝加哥時，相機故障了，拿到店裡請教一位店員，他詳細給我講解一遍，我才恍然大悟，拍出照來非常藝術，寄給他，他寫信誇我「困而後學，孺子可教」。輪到他自己為人拍照，那就學問大了。讓你站在大太陽裡，曬得鼻子冒油，笑容在嘴角都僵了，還沒拍。催他快點，他說是為了構圖、布局、層次……工夫好深。可是拍出來的照，常常是一棵樹長在頭頂上，或是天地玄黃，朦朧一片。不知有甚麼構圖，甚麼層次。可是無論如何，拍照總是他的嗜好，一項最正當的娛樂。

他還有一樣嗜好，就是躺在沙發上，翹起二郎腿看書報雜誌，（這一點，我想所有的先生們都差不多。）在這時，天塌下來也沒他的事。跟他說甚麼也聽不見，給他端一杯牛奶，倒知道往嘴邊送。問他：「夠不夠甜？」點點頭，「要不要加點阿華田？」再點點頭，「加了會太甜吧？」卻又搖搖頭。我火了，大聲問：「你到底要不要加嘛？」他還是點點頭。他就這麼保養元氣，不開金口。我氣不過，有時就故意不給他拿吃的，他餓慌了也會問：「有甚麼填肚子的沒有？」「自己做的南瓜糕好嗎？」「不要土點心。」「給你買椰子餅好不好？」「好。」他雖然百分之百崇尚中國文化，點心卻愛吃洋的。水果喜歡吃蘋果，甚至二十世紀梨。他認為貴的東西一定是好的，所以在台灣，他喜歡吃蘋果，到了日本，他又想吃香蕉，反正跟錢過不去。

我倒不是捨不得錢，是他那百分之百的自我中心讓人受不了。起居飲食上，他的習慣一成不變，叫我不要勉強他吃不愛吃的東西，做不愛做的事，我都無所謂，可是和他商量家務，他也是「板門店談判」，充分發揮了權威。「這種小事，你不必操心，聽我的沒錯。」「大事情呢，當然由我決定。」我還有甚麼主意好拿？即使有主意，要他接納也是千難萬難。「你難道不知道我的血型是O型嗎？遇事考慮周詳，一經決定，擇善固執，由我來做決定，也是給你分勞呀！」這是他的理論。

倒是有一件事，對我幫忙最多的就是替我找東西。我的急性子加上健忘，日常用物常常不知去向，他就問我前一分鐘在幹甚麼，後一分鐘又到了哪間屋子，如此捲地氈式的追蹤，一下子，就被他發現了。他也有心幫我做家務。星期天一早起來，他一定說：「今天我有一件大事要做，就是幫你拖地。」如是者起碼要念上三遍，念到第三遍時，我的地已經拖乾淨了。他就說：「你何必這麼性急呢？擱著我自然會做的。」可是這一擱可能好幾天，我看不來滿屋的灰塵。「看不來你就只好做，我是看得來的。」他說。這就是他的修養工夫。

數落了他半天，仔細想想，儘管他在家既懶又笨拙，在辦公室卻是個標準公務員，他說：「兩點之間，只有直線才是最短的線。一切根據法令，就是最簡單的直線。」就為他能把握這大原則，所以一切的缺點也都成了優點。在我心中，他確實是位「品學兼優」的好丈夫。

——《三更有夢書當枕》，爾雅

作者簡介

琦　君

本名潘希珍。一九一七年生於浙江永嘉。浙江杭州之江大學中文系畢業，曾任司法行政部編審科長，中央大學、中興大學教授。與夫婿李唐基旅居美國新澤西二十一年，常應美國各地華人文學社團的邀請演講及座談，二〇〇四年六月回台定居淡水，二〇〇六年因感冒感染肺炎，病逝於和信醫院，享壽九十歲。著有散文《三更有夢書當枕》、《紅紗燈》、《琦君小品》、《青燈有味似兒時》、《此處有仙桃》等二十餘種，另有論評及兒童文學專著等多種。曾獲中國文藝協會散文獎章、中山文藝創作獎、新聞局優良著作金鼎獎及國家文藝獎。

讀者總是對琦君作品中顯示的超強記憶力留下深刻印象，以為必定是仰仗筆記或日記的提醒，琦君卻說她從沒有記筆記或寫日記的習慣，琦君在應筆者訪問時，俏皮地說：「我筆頭很懶的，腦子倒是很清楚。」就因為腦筋特別好，寫作時，陳年舊事就自然流露筆端，使得琦君的懷舊散文特別受到歡迎。

琦君以為和人的交流對寫作者很重要。她每次有個念頭，就會跟先生講，先生就說：「別囉唆！你寫你的吧！」她就說：「那我跟你就沒交流了！」有時候跟先生說話，先生一聲都不回答，她追問，先生就說：「不回答表示沒意見，說話就是要吵架。」做菜給先生吃也是，先生一聲不吭，她又追問，先生也是說：「不作聲就表示還可以吃，說話就是批評，還是別講。」

就在這樣逗趣的交流中，琦君的文章便源源而出。琦君在接受訪問時坦承身為她作品第一位讀者的丈夫，經常扮演烏鴉的角色，看完文章後，常吐嘈說：「不對，這裡跟你平常講的好像不一樣。」琦君總是辯稱：「寫作你不懂的。」兩人為此經常生氣吵架，但事後琦君總是會接受另一半的意見，她笑稱：「我們夫妻之間有衝突、有協調，這也是老年的一種快樂。」〈我的另一半〉描繪的就是這位和琦君相映成趣的枕邊人。

作品導讀

急驚風偏遇慢郎中

形容一個人，用形容詞遠不如舉例證，琦君充分掌握舉例的妙方，讓先生的形象透過具體的行為和思考模式躍然紙上。她分別從另一半驚人的慢動作；嚴格地挑選計程車；分類繁複的記帳方式；各種機器的用法；直寫到琦君問路時，先生的循序解答；教拍照時的鄭重其事；對好吃東西的詭譎認定……琦君用簡淨幽默的文字娓娓道來，妙用對比襯映，寫出兩人觀念、作法的南轅北轍，那種「急驚風偏遇慢郎中」的種種琦君式幽默，無不令人捧腹大笑！

琦君的文章，展露一種奇異的童趣，琦君的凡事隨性，對照另一半的遇事鄭重；琦君的急性子，對照先生的慢郎中；琦君的追求輕省結論，對照先生的追根究底……性格迥異的夫妻，在吵鬧、爭辯的生活中不斷追求平衡與和解。看似理性、強勢且威權的先生，最終還是被琦君的撒嬌、耍賴輕易破解。

琦君最後歸納自己對另一半的自我中心最不以為然，指控先生不但喜歡拿主意，且不肯接納忠言，讓琦君十分傷腦筋。不過，在訴說種種罪狀過後，忽然峰迴路轉，想到先生常常耐心幫她尋找東西，也有心幫忙做家事（雖然常緩不濟急），雖然，在家既懶又笨拙，但在辦公室裡卻是把握根據法令原則的標準公務員，又覺得另一半縱有百般不是，到底還不失為「品學兼優」的好丈夫，充分顯示散文作家溫柔敦厚的一面。

幸福

康芸薇

我想對他說，
雖然他不在以後，
孩子們一下子長大，
各自成家獨立門戶，
沒有人和我一國了。
但是想起以前那些快樂時光，
我仍然覺得這一生很幸福。

三個孩子從小和我很好，丈夫在世的時候常說三個孩子和我是一國的。丈夫過世之後，他們更加愛我，常常請我吃館子，帶我旅行、買禮物送給我，希望我快樂。

孩子們很小的時候，丈夫去香港工作一年，回來買了一隻芝柏錶給我。二十多年前台灣沒有現在富足，許多女人和小孩都沒有手錶，我不僅有手錶，還是名牌金錶。那時我年輕，有虛榮心，把丈夫送我的金錶戴到手腕上，覺得自己突然高貴起來。

丈夫送我的金錶，我一直沒有戴出去。因為我好朋友的丈夫，都沒有送她們這樣貴重的禮物，我怕她們看了心裡難過。

我把金錶放在床頭，常在上床睡覺的時候戴上。我高高舉起手腕問丈夫：

「好不好看？」

丈夫說：「好看。」那隻小巧的金錶在燈光下燦爛奪目，更加可愛。丈夫慫恿我：「明天戴出去給你那些朋友看看。」

我笑著搖頭：「我不敢。」

那時我應該是一個很幸福的女人，除了有一隻丈夫送的金錶，還有一本自己寫的書。但是我不喜歡與人比財富和聰明，我從小重感情，覺得再好的東西都有個價錢，情感是無價的，比甚麼都珍貴。如果一個人拿他的財富和聰明誇口，我會很鄙視他。

丈夫送我的金錶後來不見了。有一天丈夫請他的朋友一家人來吃飯，那個朋友有兩個小孩，他們玩了一天回去之後，我發現放在床頭的金錶不見了。

丈夫很生氣地說：「買給你，你不戴。現在好了！」

二十多年前買那隻金錶，要花丈夫兩三個月薪水，我一天也沒戴出去就不見了，心中悶悶不樂，抱怨丈夫愛請客。沒想到丈夫抓起電話就打給他的朋友，叫他的朋友問一問小孩，有沒有看到我的手錶。

我心中喊了聲：「糟了！」很少人拿了別人的東西，東窗事發還有勇氣拿出來物歸原主，何況是個孩子！他把朋友得罪了。

果然他的朋友問了小孩說：「我們小孩說沒有拿，你們的金錶是甚麼樣子，她們都不知道。」以後兩家人就很少往來。

丈夫率直的個性使他吃了大虧，後來他工作一直不如意，沒有再買過貴重的東西送我。丈夫過世後，兒子繼光買了一隻金錶給我。他說：

「媽媽看看，有沒有比爸爸送你的那一隻漂亮。」

兒子送我的金錶比丈夫送我的那隻大一點、豪華一點，我看了心中並不覺得有甚麼高興，問兒子怎麼送一隻金錶給我。他說：

「從爸爸送你那隻金錶不見的那一天，我心裡就想，將來長大了，要買一隻更好的金錶送給媽媽。」

那時兒子剛上小學，一個孩子的心願能維持這麼長久！如果丈夫還在，我一定很感動。如今丈夫不在了，再好的東西也引不起我多大的興趣。我對他說：

「以後千萬不要再買這麼貴重的東西給我。」

然而，不只兒子繼光，還有女兒繼安，甚至尚在讀大學的老三繼來，也常常巧立名目送我禮物。母親節、生日，還有我和丈夫結婚紀念日，他們都要慶祝。除了送我金錶、金手鐲、金項鍊，還有一些我不需要的裝飾物，彷彿我是芭比娃娃和聖誕樹。

我和丈夫是經過戰亂的人，看到孩子們如此花費，心中頗為不安。

今年兒子繼光完婚，女兒繼安也要出嫁，多了媳婦和女婿，母親節過得更加熱鬧，一入五月他們就開始計畫要如何慶祝。

母親節前兩天晚上，我小寐醒來，聽到女兒說：「星期天一早我去濱江花市買花，然後看媽媽想去哪裡吃飯……」

我很想跳下床叫他們停止一切安排，告訴他們我心中沒有他們那樣高興。丈夫過世三年未滿，我尚在服喪期中。一激動眼淚奪眶而出，想到孩子幼時到了母親節，他們會從學校帶一朵自己做的康乃馨送給我。三人一排站好，雙手奉上，叫上幼稚園的小弟繼來代表唱母親節歌：

親愛的媽媽呀！
我們愛你，
你每天洗衣煮飯，
真是辛苦，
雙手奉上一朵紅花，
我願媽媽心快樂。

三個孩子像我嗓子不好，讀幼稚園的繼來拉長喉嚨唱不成一個調，驚動了為慶祝母親節在廚房忙碌的丈夫。他走出來說：

「我真羨慕這個女人，甚麼事也不做，還有人說她辛苦，給她獻花！我忙進忙出，也沒人說一聲謝。」

女兒搬了一個小板凳，請丈夫坐下，喊了一聲：「弟弟。」繼來連忙過來給丈夫捶背，嘴裡還念著兒歌：

小板凳，你別歪，
我請爸爸坐下來。
我給爸爸捶捶背，
爸爸說我好寶貝。

回憶往事一夜沒有好睡。第二天上班打電話給女兒：

「方小妹，你聽著，過日子要細水長流，你們不要拿錢給我買快樂。」

丈夫不在之後，我心思不集中，講話斷斷續續；如今語氣堅定，一氣呵成。女兒知道事情嚴重，問我：

「媽媽要怎麼樣？」

「要你們像小時候一樣立正站好，聽我訓話。」我說：「要知道生活艱難，賺錢不易，不要把你們的孝心，在母親節那一天揮霍光了。」

女兒連連稱是，我心中才舒坦了一些。

母親節那天兒子繼光、媳婦玉玲送我一部除溼機，兒子說：

「最近媽媽說腿痛，木柵潮溼，對媽媽腿不好。我們送媽媽一部除溼機，媽媽一定沒有意見吧！」

繼來帶了女友小白回來，送了我一個眼睛按摩器。他說：「媽媽眼睛不好，又愛看書寫字，我這個按摩器沒有老哥的除溼機昂貴，可是是媽媽最需要的東西。」

我說：「你買的東西，還不是花我的錢。」

他說：「哪裡，是我打工賺的錢，小白也出了一份。」

女婿煥瀛送的是一個外國設計師簽名的水晶盤。如果是兒子、女兒送的，我可能又要向他們訓話；是女婿送的，感覺就不同，虧他如此有心。以後家中來客，新婦玉玲用水晶盤放水果招待客人，更加喜氣。

晚上出去吃飯回來，要睡覺的時候看到女兒送的卡片，上面寫著：

親愛的媽媽：

時間過得真快，一年年的母親節過去了。記得很小的時候，到了母親節，老師要我們很認真地畫出一個媽媽來。雖然我畫得不像，還是滿心歡喜拿回家送給媽媽。

稍長會做紙花了，在課堂間一面做，一面與四周的同學比較誰做得好看。我不知道我做得好不好，但是真想馬上放學回家，把我做的那朵小紅花送給媽媽。

這些過往種種，都令我無限懷念，在這許多珍貴的回憶中，您是絕對的主角。真是非常感謝媽媽，一直如此溫馨且實際地與我同在。

如今方小妹雖然快要變成方老妹了，依然會立正站好，聽您諄諄的訓誨，並且像小時候一樣滿心感謝。

看了女兒的卡片，我極為思念丈夫和往日的一切。舉起手腕，望著兒子送的金錶在燈光下閃閃生輝，彷彿丈夫就在我身邊。我想對他說，雖然他不在以後，孩子們一下子長大，各自成家獨立門戶，沒有人和我一國了。但是想起以前那些快樂時光，我仍然覺得這一生很幸福。

——《我帶你遊山玩水》，九歌

作者簡介

康芸薇

一九三八年生，河南博愛人。一九四九年來台，完成高中學業，一九六一年起，以一篇名〈安嬿小女孩〉的故事，在《中央日報．副刊》發表。曾獲幼獅文藝小說獎第二名。一九八五年，得二十九屆中國文藝協會小說創作文藝獎章，二〇〇二年，則以〈我帶你遊山玩水〉榮獲九歌年度散文獎。著有散文《我帶你遊山玩水》及小說《十二金釵》、《良夜星光》等。

康芸薇曾經寫下這般自期的格言：「立志做安靜的人，辦理自己的事，親手做工，人生是亦陳亦新、又摯又真的。」

或許就因為立志做安靜真摯且務實的人，康芸薇說話緩慢而溫和、寫作也不貪多，不過，每一出手，總是力道無窮、引人注意。小說家白先勇稱讚她是一位「溫柔敦厚」的人，評論她的散文：「她筆下的真實人生，都是暖洋洋的，即使寫到悲哀處，也是『哀而不傷』，半點尖刻都沒有。」

作品導讀

幸福，其實可以很簡單

這篇〈幸福〉果然如白先勇所說，滿紙溫柔敦厚。散文作家劉靜娟曾在一篇題為〈依舊是富貴模樣〉的文章中，描寫康芸薇連看到朋友安穩地在旅遊途中打盹在側都覺得幸福，顯然是個極易感受幸福的人。康芸薇的散文慣常流露著平淡質樸的氣息，那種雋永有味，和琦君的文章感覺有點兒相似，筆散馨香，但〈幸福〉一文因為追憶亡夫而明顯多了幾分哀愁。作者回顧過往人生，「想起以前那些快樂時光」，她「仍然覺得這一生很幸福」，也許康芸薇的「幸福」，正是因為她單純的快樂，知足圓融的想法，來自她對人生溫暖而真摯的情懷。

本文分成兩條線進行，一邊是兒女們為了撫平母親的傷痛，絞盡腦汁討她的歡心，逢年過節總巧立名目送禮；另一條線則回敘作者和丈夫從前的生活點滴。兩線交會在母親節那天，兒女用心挑選禮物致贈和女兒寫的那封情真意切的回憶卡片，最後以作者知足感恩作結，文章滿溢著對丈夫的思念和看著孩子平安成長、成熟的喜悅。

康芸薇一再揭示誠懇簡約的生活哲學。她與丈夫鶼鰈情深，兩人自克難時代、單調平淡的生活走過來，過的是小市民的生活型態，信奉的是樸質無華的價值觀，所以她「看到孩子們如此花費，心中頗為不安」，並且訓告女兒：「過日子要細水長流，你們不要拿錢給我買快樂……要知道生活艱難，賺錢不易……。」比起物質，康芸薇更重視情感，「我從小重感情，覺得再好的東西都有個價錢，情感是無價的，比甚麼都珍貴」，她所抱持著的幸福，是平凡而實在，知足而圓滿的。

即使丈夫不在了，依然可以感覺出丈夫在作者心中是多麼重要。面對身旁的人、事、物，總是讓她不期然回想起過往丈夫與她同在的歲月，如兒子送她金錶，她想著「如果丈夫還在，我一定很感動」；又如當女兒計畫著如何慶祝母親節，她直想「告訴他們我心中沒有他們那樣高興。丈夫過世三年未滿，我尚在服喪期中」。康芸薇寫起兒女們，是慈愛深情的，寫到丈夫仍是懷念追想的，面對人生缺失挫折處，抱持著哀而不傷的態度，是不帶過多悲悽而又感人肺腑的平淡書寫。作者告訴我們，幸福其實可以很簡單：和丈夫在床邊細細觀看腕上的金錶；兒女天真地為她唱歌並獻上一朵充滿祝福的康乃馨；甚至於只要兒女排排站聽她訓話，在在都是幸福。

席慕蓉說康芸薇的文章：「看似平淡與平常的文字，卻好像每每可以碰觸到宇宙間那神祕美麗難以言傳的永恆。」

可謂一語中的。

嗨！你在哪裡？

劉大任

兒子的出走，
不過是自己歷史經驗的翻版罷了。
但是，
為甚麼「嗨！你在哪裡？」
竟然衝口而出呢？

這一次，她恰好在浴室忙，我接到了電話。一聽見那一頭的聲音，曾經本能反應要說：「我去叫她。」奇怪自己沒這麼做，卻對著聽筒喊：「嗨！你在哪裡？」然後我就知道，自己也陷入了那種抗拒了一個多禮拜的討厭情緒。

浴室裡那個人，忽然出現在臥室床頭的另一條電話線上。我乘勢掛上了聽筒，坐在椅子裡發呆。

「我在懷俄明，這裡甚麼都沒有，除了牧場，還是牧場……」

這是掛電話以前聽到的，還沒來得及反應，已經聽見了她的哭泣聲。

窗外的天空，灰暗鉛沉，像要下雪，又下不下來。屋子裡的人造光，透過薄紗窗帘，打在落盡了葉的老日本楓零亂枯枝上，一陣風過，顫動不已的黑影，彷彿從荒野傳來了嗥叫。懷俄明，那個鳥不生蛋的地方，出走的兒子，現在也許在人跡荒涼的公路休息站上，也許在貨運卡車司機加油順便吃漢堡的快餐店裡，也許在一床一几連電視都不裝的簡陋汽車旅館裡，用臨行前媽媽硬塞進口袋裡的電話卡給她打電話。

「既然不好玩，就不如回來吧！」

我聽見她在房門未關的臥室裡對著如今已經是斷線風箏一樣飄得不知去向的兒子呼喊。

三十多年前，我也在懷俄明住過一晚。

那時，還沒結婚，還賴在學校裡做老學生，跟兩個朋友開車上路，環遊美國。因為貪路，我們錯過了原定休息的大城，等開到邊境地帶的小鎮時，已經快到午夜。我們在並不十分複雜的街道上到處亂轉，見到旅館的招牌就停下來打聽，奇怪的是，這鳥不生蛋的地方，居然連一間客房都找不到。問來問去才明白，原來方圓幾百里範圍內的獵人全部集中在這人口不到一萬的小鎮上開年會，一年裡就這麼一、兩天，居然給我們趕上了。更詭異的是，沿公路幹線兩邊建成的這座小鎮，似乎只有東西兩個出口。東西兩個出口看起來，尤其在那天青白的月光下，完全一樣；一座教堂，加上一片墳地。我們從墳地進來，又從墳地出去，始終沒找到一個歇腳的地方。

然而，那時的我們，也不過二、三十歲，跟兒子的年齡差不多，都在好奇心仍然活躍而前景又特別混沌不明的情境裡，落荒的經驗，只有刺激，沒有哀愁。

兒子的出走，不過是自己歷史經驗的翻版罷了。

但是，為甚麼「嗨！你在哪裡？」竟然衝口而出呢？

想起「九一一」那天，我正在家裡吃早餐，看《紐約時報》。兒子忽然來了電話。

「你最好打開電視，不可思議的事情正在發生……」

我當時完全沒有預感，相信兒子也不可能料到，那一場彷彿天外飛來又彷彿與己無關的災難，不到六個月，就把兒子辛苦經營剛要起步的事業徹底沖垮了。

半年後一個晴朗的中午，兒子來找我，我們去了一家我喜歡的日本餐廳。父子兩人喝了一大瓶清酒，舌頭開始鬆動，兩個人都輕易說出了平常說不出的話，而且，居然沒有吵架。

「如果我是你，」我說：「我會給自己一、兩年時間，試一試本來已經放棄但總是覺得遺憾的那些事……」

「反諷的是，」兒子說：「賓拉登好像突然把我叫醒了，他好像逼我問自己一個問題：你這樣活著，快樂嗎？」

我們開始談他從來不跟我談的一些問題。他說他覺得自己從來沒這麼自由過，每天都有許多新想法，每個想法都讓他興奮得睡不著覺。他說他想做雕塑，想寫小說，想拍電影。

每當他說完一個想法，我便也像解放了一樣，把自己過去一個個興奮過又失敗了的經驗，毫無遮掩毫不修改地說了出來。

這以後，又過了半年多，兒子也不時過來，有時一塊兒吃個午餐，天氣好時便到他讀過的中學校園裡散步，或者拉上窗帘，同看一部四十年代的老電影。兒子的靈魂搜索之旅，跟我配合他的一些反芻，似乎在彼此人生的某一個境界裡，天衣無縫地吻合了。然而，我始終有個預感，這一切只是暫時的現象，只是通向某一個不可避免的爆發點的過程。我知道，因為我經驗過自己的二、三十歲，遲早，那種明滅不定的未來，會像自我增值的重量，最終達到不勝負荷的臨界點，把他壓垮，也把我們之間不可能更美好的一切，全部沖刷乾淨。

一個多星期以前，不出預料，這一天終於到了。

兒子剛一進門，我便知道有不尋常的事情要發生。除了一身準備長途跋涉的打扮（他披上了平常極少穿著的滑雪用的夾克），又一箱箱書從車子裡搬進儲藏室。

「找定地方住下以後，再請你們給我寄過去……」

做媽媽的完全沒有心理準備，立刻垮了，兒子說：

「你這個女人真是個災難……」

三十多年前那趟環美大行軍的畫面，浮現在我眼前。我記得，開過了六、七千英哩，串連了十幾個大學校園的「有志之士」之後，回到自己出發前的老窩，除了精疲力竭因此而稍有成就感之外，一切還是原封不動。想解的謎，還是沒解；所有的問題，依然沒有答案。

可是，彷彿是有點甚麼不同的東西，告訴我，這一切，也許不只是歷史的重演。再過幾天，兒子的車，也許就停在我曾經活動過的舊金山海灣岸邊，他或許把他沉重厚實的滑雪夾克脫了，在華氏六十五度的加州陽光裡，換上短褲T恤跑鞋，從漁人碼頭出發，向金山大橋的燦爛彩霞裡跑去……。

至少，我可以說，比起我父親跟我說過的話，我也許可以多一分自豪。從頭到尾，他老人家只會說：「你究竟要幹甚麼呀？」而我呢，卻有那麼一丁點兒進步，不過是本能的一句問話：

「嗨！你在哪裡？」

——《空望》，印刻

作者簡介

劉大任

一九三九年生，江西永新人。台灣大學哲學系畢業，美國加州柏克萊大學政治系碩士。曾任美國夏威夷大學東西文化中心科學研究員，《劇場》雜誌編輯、《文學季刊》同仁、美國加州大學亞洲研究系講師，一九七二年進聯合國祕書處工作，並曾申請到非洲工作三年，旅居美國。曾任祕書處資深編審，現專事寫作。著有散文《空望》、《果嶺春秋》、《月印萬川》及小說《杜鵑啼血》、《晚風習習》、《秋陽似酒》、《當下四重奏》等。

劉大任長相酷似魯迅，寫作也充滿前衛精神，作品雋永深刻，銳利多情。他寫詩、寫散文、寫小說，也寫評論，筆者幾年前曾飛到紐約採訪他，他曾經說真正實際人的存在，要從小的地方去著眼、去觀察、去體會，才能夠在大的問題上有所突破。寫作也是一樣，如果抓不住細微末節的微妙變化和區別，那所寫的泛泛的東西必然就沒有力量。以此觀點來揆諸〈嗨！你在哪裡？〉這篇文章，果然可以看到劉大任以小搏大的寫作策略。

作品導讀

兒子的靈魂搜索之旅

〈嗨！你在哪裡？〉寫的正是一件離家遠遊的小事，藉由這宗翻版的歷史經驗，作者穿越時空，發揮同理心，為現代的父子關係重新定調，文章的最後，他慶幸較諸父親當年只會以「你究竟要幹甚麼呀？」應對，自己脫口而出的「嗨！你在哪裡？」總算略勝一籌，添了關心擔憂，少了負面的情緒。身兼出走的兒子及憂心父親的雙重角色，作者經歷了自己父親當時的心境，再回到出走兒子的心情，反覆思索，終於從接電話時慣常逃避的舉措「我去叫她」，進步到溫暖的「嗨！你在哪裡？」這兩句話看似一般尋常，但對保守、傳統形象的父親來說是重大的突破，之間隔著迢遞的距離，無法以道里計。

九一一事件讓作者兒子的事業一夕崩盤，從此對人生有了新的看法，透過一起散步、聊天、吃飯，他們不但沒有吵架，居然「兒子的靈魂搜索之旅，跟我配合他的一些反芻，似乎在彼此人生的某一個境界裡，天衣無縫地吻合了」。作者對父子關係的轉變且喜且懼，喜的是前所未有的默契，懼的是恐有不勝負荷的臨界點將壓垮兒子。預感不幸成真！年輕的兒子在思索生命的意義，該做甚麼，想追尋甚麼，才能讓自己的生命充滿意義後，決定勇敢付諸行動，和劉大任年少時一般，提起行李，踏上人生的解謎之旅。

歷史的重演，讓憂心的母親差點兒崩潰，讓將心比心的劉大任重新回味過往，對兒子的遠遊懷抱同情的理解。過來人的他深知追求答案未必真能得到答案，但翅膀噗噗拍動，年輕的心無所懼，所有的混沌不明，都是新鮮。好奇的探索，即使淪為落荒的結局，似乎也不必然是哀愁。年輕沒有束縛，可以隨心所欲地追求想望，必欲為自己的人生找個安放的位置。然而，已經處在安定位置上的大人，會如何看待尚在四處漂泊的年輕人？這就是劉大任的父親老問他：「你究竟要幹甚麼呀？」的由來。這問題常使人困惑，「就是因為不知道要幹甚麼才這樣不安分地苦苦追尋呀！」這是年輕人理直氣壯的答案，說了實話，卻常教大人氣結，我們通常叫它「代溝」。

一般母親較勇於釋放對孩子的關懷，無論談話或對生活起居的照顧，父親則往往矜持，缺少和兒女的溝通。從作者平常接電話的反射動作可知，他和兒子的互動並不頻繁，即使是兒子出外遠遊久久一次的報平安，也只輕描淡寫回應一句：「嗨！你在哪裡？」妻子的聲音接了一句：「既然不好玩，就不如回來吧！」乍聽之下，帶著隨便，但是隱含擔憂的心，望子早歸。相較之下，男人少言寡語，只說了一句「嗨！你在哪裡？」便驕傲自得，彷若重大突破。看來其後的破冰直航，氣氛也不頂熱烈。男人之間，真的這般惜話如金？只須無言的信任？雖讓人不以為然，但在現實生活中，又彷彿確實存在。其實，父親不是不愛孩子，常常只是「愛在心裡口難開」。

為了下一次的重逢

陳義芝

一晃眼十幾年過去。
一樣是週末假日，
此刻，我獨自一人，
蕭索對望雨洗過的蒼翠山巒與牛奶般柔細的煙嵐，
四顧茫茫，
樹下哪裡還有花格子衣的人影？

清明時候，又一次來到聖山寺。在濛濛的小雨裡，我特意先彎到雙溪國小，將車停在溪畔，獨自走進空無一人的操場。沿著圍牆，穿越教室走廊，在那株森然的茄苳樹下，彷彿又看到穿著紅白花格襯衣的邦兒。

那年邦兒就讀小二，星期天我帶他和小學五年級的康兒坐火車郊遊，在車上隨興決定要在哪一站下。父子三人的火車之旅，第一次下的車站就是雙溪。

當年操場上太陽白花花的，小跑著嬉鬧一陣，邦兒就站到茄苳樹蔭下去了。小時候，他憨憨的、胖胖的，聽由媽媽打扮，有時穿白襯衫打上紅領結，煞是好看。那天穿花格襯衫，捲袖，許是天熱，流了一身汗，又沒零嘴吃，雙溪這處所因而並不稱他的心。我們沒走到街上逛，天黑前就意興闌珊搭火車回家了。

一晃眼十幾年過去。一樣是週末假日，此刻，我獨自一人，蕭索對望雨洗過的蒼翠山巒與牛奶般柔細的煙嵐，四顧茫茫，樹下哪裡還有花格子衣的人影？茄苳印象不過是瞬間的神識剪貼罷了。

那時，兩兄弟是健康無憂的孩子，經常走在我的身邊，而今邦兒已在離雙溪不遠的聖山寺長眠，住進「生命紀念館」三樓，遙望著太平洋；康兒經歷一場死別的煎熬，選擇留在加拿大。我和紅媛回返台北，仍頂著小戶人家亟欲度脫的暴風雨，三年來，經常穿行石碇、平溪的山路，看到福隆的海就知道，快到邦邦的家了。

邦兒過世，漢寶德先生寄來一張藏傳佛教祖師蓮花生大士的卡片，中有綠度母像，我一直保存著，因安厝邦兒骨罈的門即為綠度母所守護。綠度母乃觀世音悲憐眾生所掉眼淚的化身；邦兒是我們家人眼淚的化身。林懷民寄了一枚菩提迦耶(Bodhgaya)的菩提葉，左下缺角如被蟲囓過，右上方有一條葉脈裂開。我靜靜地看這枚來自佛陀悟道之地的葉子，傳說中永遠翠綠不凋的枝葉，一旦入世也已殘損，何況無明流轉的人生。青春之色果真一無憑依！

還記得三年前我懷抱邦兒的骨罈到聖山寺，與紅媛一道上無生道場，心道師父開示「生命的重生與傳續」。師父說，人的緣就像葉子一樣，葉子黃的時候就落下，落到哪裡去了呢？沒到哪裡去，又去滋養那棵樹了。樹是大生命，葉子是小生命，小生命不斷地死、不斷地生，大生命是不死的。人的意識就像網路一樣交叉，分分合合，不斷變化，要珍惜每一段緣。

「我們會再碰面嗎？」傷心的母親泣問。

「沒有人不碰面的！」師父說：「我們只是身體、想法在區隔，如果你的想法跟身體都不區隔它，我們都是在一起的。」師父更以眾生永是同體，勉勵傷心的母親要愛護自己。

命運不是人安排的，人只能身受命運的引領。如果不是朋友勸說，我們不會申辦移民；如果不是我有長久的寫作資歷，無法以作家身分辦理自雇移民；如果不是移民，孩子不會遠赴加拿大念書，也許就沒有這場慘痛的意外。然而，一切意外看起來是巧合，又都是有意義的。蜂房的蜜全由苦痛所釀造，蜂房的奧祕就是命運的奧祕。

邦兒走後，我清理他的衣物，發現一本台灣帶去的書《肯定自己》，是他國中時念的一本勵志書，「以意外事件來說，交通事故是死亡率最高的事件。生活周遭也時時刻刻藏著許多一發不可收拾的危險……」這是他寫的一段眉批。他寫這話時何嘗預知十年後的發生，但十年後我驚見此頁卻如讖語一般電擊，益加相信不幸的機率只能以命運去解釋。這三年我常想到法國導演克勞德・雷路許拍的電影《偶然與巧合》，雅麗珊卓・瑪汀妮茲飾演的芭蕾舞者，在愛子與情人一起意外身亡時，孤身完成一段尋覓摯愛的旅程。紅衣迷情的芭蕾麗人驟然變成黑衣包裹的沉哀女子。果真如劇中人所云「越大的不幸越值得去經歷」嗎？不久前我找來這部片子重看，雜糅了自己這三年的顛躓回憶，總算體會了：人生沒有巧合只有注定，意外的傷痛也會給人預留前景。

紅媛和我在無生道場皈依，師父說：「佛法要去見證。」我們就從「佛法是悲苦的」開始見證起，趕在七七四十九天內，合念了一百部《地藏經》，化給邦邦。

我於是知道地藏菩薩成道之前，以名叫光目的女子之身，至地獄尋找母親，啼淚號泣，發下地獄不空誓不成佛的誓願。佛法如烏雲邊上的亮光，當烏雲罩頂，一般人未必能即時參透，但透過微微的亮光，多少能化解情苦。

「我們還會再碰面嗎？」無助的母親不只一次椎心問。

「沒有人不碰面的，」師父不只一次回答：「我們只有一個空間，都在一個意識網裡，現在只是一時錯開，輪迴碰到的時候就又結合了。」他安慰我們，未了的緣還會再續，多結善緣，下一次見面時生命就能夠銜接得更好。

我恍惚中知道，人的大腦很像星空，若得精密儀器掃描，當可看到漂浮於虛空的神識碎片。三年前，如果邦兒只是腦部受傷，我想，他的神識碎片會慢慢聯結，會慢慢癒合的，可惜意外發生時他的心肺搏動停止太久才獲急救，終致器官敗血而無力可挽。在醫院加護病房那七天，他看似沒有知覺、沒有反應，但我相信天文學家的分析，黑洞有一種全宇宙最低的聲波，比鋼琴鍵中央C音低五十七個八度音，那是黑洞周圍爆炸引起的，已低吟了三十億年，邦兒經歷死亡掙扎，無法用聲口傳語，必代之以極低頻率的聲波回應我們在他耳邊的說話。三年來，這聲波仍不斷地在虛空中迴盪，在我們生命的共鳴箱裡隱約叫喚。若非如此，我們怎麼一直無法忘去，由他出現在夢裡？若非如此，做母親的怎會痛入骨髓，甚至肩頸韌帶斷裂。

做完七七佛事那天，親人齊集無生道場，黃昏將盡，邦兒的嬸嬸在山門暮色中驀然看見邦兒，還聽到他說：「我不喜歡媽媽那樣，不想她太傷心！」這是最後的辭別，母子連心的割捨。

邦兒走了三年，我才敢重看當年的遺物，他的書本、筆記、打工薪資單和遺下的兩幅油畫。從紫色陶壺裡伸出一條條絹帶，那幅他高中時畫的油畫，意象奇詭，像是古老的「瓶中書」，又像現代的傳真列印紙；有時看著看著又聯想到是某一古老染坊的器物。

他有一篇英語一〇一的報告，談加拿大女作家瑪格麗特・艾特伍的小說〈浮出表面〉，敘事者尋找失蹤的父親及她的內在自我，角色疏離與文化對抗的主題融會了邦兒的體驗，讀之令人失神。

我同時檢視三年前朋友針對這一傷痛意外寫來的信。發覺能安慰人的，不是「請節哀」、「請保重」、「請儘快走出陰霾」的話，而是同聲一哭的無助，像李黎說的「有一種痛是徹骨的，有一種傷是永難癒合的」，像隱地說的「人在最難過的時候，別人是無法安慰的，所有的語言均變成多餘」，像董橋說的「人生路上布滿地雷，人人難免，我於是越老越宿命」，也像張曉風說的：

極大的悲傷和遽痛，把我們陷入驚悚和耗弱，這種經驗因為極難告人，我們因而又陷入孤單，甚至發現自己變成另一國另一族的，跟這忙碌的、熱衷的、歡娛的、嬉笑的世界完全格格不入……但，無論如何，偶然，也讓自己從哀傷的囚牢中被帶出來放風一下吧！

她告訴我的是「死」而「再生」的道理，當我搖晃地走出囚牢才約略有一點懂了。事情發生當時，友人幫我詢問台大腦神經外科醫生，隔洋驗證醫方；傳書叮嚀誠心誦念「南無藥師如來佛琉璃光」百遍千遍迴向給孩子。待我辦完邦兒後事回台，很多朋友不惜袒露自己親歷之痛，希望能減輕我們的痛楚。齊邦媛老師講了一段被時代犧牲的情感，她二十歲痛哭長夜的故事。陳映真以低沉的嗓音重說幼年失去小哥，他父親幾乎瘋狂的情景。

蘭凋桂折，各自找尋出路……這就是人生。我很慶幸在大傷痛時，冥冥中開啟了佛法之門。從《心經》、《金剛經》、《地藏菩薩本願經》，到《法華經》，紅媛與我或疾或徐地翻看，一遍、十遍、百遍誦讀。

「就當作這孩子是哪吒分身，來世間野遊、歷險一趟，還是得回天庭盡本分。」老友簡媜的話，像一面無可閃躲的鏡子：「生兒育女看似尋常，其實，我們做父母的都被瞞著，被宿命，被一個神祕的故事，被輪迴的謎或諸神的探險。我們曾瞞過我們的父母卻也被孩子瞞了。」

王文興老師來信說：「東坡居士嘗慰友人曰：兒女原泡影也。樂天亦嘗云落地偶為父子，前世後世本無關涉。」我據以寫下〈一筏過渡〉那首詩，以「忍聽愛慾沉沉的經懺／斷橋斷水斷爐煙」收束，當作自己的碑銘。

歸有光四十三歲喪子，哀痛至極，先作〈亡兒壙誌〉，再建思子亭，留下〈思子亭記〉一文。他至為鍾愛的兒子十六歲時與他同赴外家奔喪，突染重病而亡，歸有光常常想著出發那天，孩子明明跟著出門，怎料到足跡一步步就消失在人間。此後，不論在山池、台階或門庭、枕席之間，他總是看到兒子的蹤跡，「長天遼闊，極目於雲煙杳靄之間」，做父親的徘徊於思子亭，祈求孩子趕快從天上回來。這是邦兒走後，我讀之最痛的文章。

美國詩人愛默森追悼五歲兒子的長詩〈悲歌〉，我也斷續讀過兩遍。孩子是使世界更美的主體，早晨天亮，春天開花，可能都是為了他，然而他失蹤了：

大自然失去了他，無法再複製；
命運失手跌碎他，無法再拾起；
大自然，命運，人們，尋找他都是徒然。

誰說「所有的花朵終歸萎謝，但被轉化為藝術的卻永遠開放」？誰說「詩文可以補恨於永恆」？

邦兒已如射向遠方的箭，沒入土裡，歲歲年年，我這把人間眼淚鏽染的弓，只怕再難以拉開，又如何能夠補恨於今生！

活著的，只是心裡一個不願醒的夢罷了。芸芸眾生，誰不是為了愛而活著，為了下一次的重逢，在經歷不是偶然的命運！

——《為了下一次的重逢》，九歌

作者簡介

陳義芝

一九五三年生。高雄師範大學博士。曾任《聯合報．副刊》主任，並講授新文學於輔仁、世新等大學，現任教於台灣師範大學國文系。一九七二年開始寫作，任台中師專後浪詩社社長，《詩人季刊》主編。曾獲教育部文藝創作獎、中山文藝創作獎、時報文學推薦獎、台灣詩人獎……。著有文集《為了下一次的重逢》、《文字結巢》等，詩集《青衫》、《不安的居住》、《我年輕的戀人》等，並編寫多部散文選集以及年度小說選、年度詩選。最重要的是，他主編《聯合報・副刊》期間，對當代作家作品披沙揀金，為台灣文學的美善形塑了典範，對文學傳播貢獻卓著。

陳義芝認為創作者須不斷地自我革命，推翻制式的反應、世俗的認知，並透過閱讀思想性的文章、感性的作品，豐富心靈，提升格調。他常強調閱讀的重要，認為詩情、象徵、語言的精煉、文字的色彩、聲調旋律……在古代經典中，已有很好的示範；而白話詩的原理也多借鏡西方文學，中西作品就好像自己的鄰居一樣，與鄰居相處，自然會影響筆下的思維經驗。楊牧曾在《青衫》序言中說：「我讀陳義芝的詩，特別為他之能肯定古典傳統並且面對現代社會，為他出入從容，不徐不疾的筆路情感而覺得感動。」從〈為了下一次的重逢〉這篇自然流露的哀痛文章中，可以看出他履踐「自我革命及多方閱讀」的文學信念。

作品導讀

我們會再碰面嗎？

〈為了下一次的重逢〉曾收入高中教科書中。

「我們會再碰面嗎？」傷心的母親泣問。

「沒有人不碰面的！」師父說。

簡淨的對答裡，寫盡了心碎母親的哀哀無告與卑微願望，人窮則呼天，中年喪子的悲痛，是連呼天都詞彙蹇塞、未語淚先流的。如同晴天霹靂，從異邦傳來的這場暴風雨，幾乎將原本秩序井然的家庭打擊得支離破碎！經歷三年的止痛療傷，陳義芝援筆寫下了這篇堪稱血淚合流的悼亡文章，讓人掩卷心惻，不忍卒睹。清明時節，舊地重返，瞥見的茄苳樹下那抹紅白花格襯衣的身影，原來只是幻影！為愛而活的父母，傷痛之餘，了然今生的遺憾已然無法改變，只能無奈地寄望來世的重逢。

文章旁徵博引，徵的是友朋的言語和書信安慰，引的是古人的悼亡、思念文章。然而，朋友再多的慰語，最多也不過是同聲一哭的無助，詩人於是了悟蘭凋桂折，終究只能各自找尋出路。不死心的，詩人往電影裡找、往書裡尋，兒子生前的一段書頁眉批，多年後看來竟如電擊的讖語；克勞德・雷路許的《偶然與巧合》，讓他越發體認人生沒有巧合只有注定，作者苦苦追尋答案，只得「命中注定」的結語。然而，即使知道是命，又待如何，痛依然是痛，傷也仍然椎心不滅。歸有光四十三歲喪子，建思子亭、寫〈思子亭記〉，祈求孩子從天上歸來，其聲也哀；愛默森以長詩〈悲歌〉悼子，悲嘆命運失手跌碎的孩子，再尋索也只是徒然！「誰說『詩文可以補恨於永恆』？」詩人最後只能失望地掩卷仰天長嘯！如此上窮碧落下黃泉的尋索，只印證了補恨今生之說想來也不過只是無用的虛辭！幸而，在大傷痛中，佛法之門在冥冥之中開啟，師父安慰「未了的緣還會再續」。射向遠方的箭，已然落土，染淚的弓從此束藏，可憐的父母只能望穿秋水，寄望來生。

「我們還會再碰面嗎？」無助的母親不只一次椎心問。

「沒有人不碰面的，」師父不只一次回答。

想用文字解析這樣一篇用血、用淚寫出的傷逝文章，說它修辭如何卓越、談它裁章如何用心或謀篇又是如何審慎，只覺褻瀆人間真情，這種種就留待讀者心領神會了。

想起父親的時刻

劉靜娟

小時候就常聽母親不以為然地說父親，
「天頂有梯，他嘛欲爬上去。」
因為他總是興致勃勃，
甚麼地方都想去玩，去看。

小時候就常聽母親不以為然地說父親，「天頂有梯，他嘛欲爬上去。」

因為他總是興致勃勃，甚麼地方都想去玩，去看。

有一回他來台北，正好碰到士林園藝所開放，帶他去看奇花異卉，再去外雙溪電影文化城參觀，讓他大開眼界，一再提醒我，「值得看，好看；下次要媽媽來看。」下次帶母親去電影文化城，在旁解說的父親仍是那個興致更高昂的人；附有說明文字的，就戴上眼鏡，細心閱讀。他常以自己勇於吸收新知自豪，臧否人最愛說「沒知識」，有時再附帶一句台灣俚語，「不識字兼無衛生。」他從不知道累，晚上還去電視公司看綜藝節目的錄影呢。

住家附近的中泰賓館有個小型展覽，我帶父母去看，再從大廳的木雕大象看到後面美麗的庭園。聽說那兒有個豪華的「泰宮套房」，父親要我問問可不可以參觀。明知不可為，我還是心虛地試探，櫃枱人員當然是搖搖頭。於是覷著沒人注意，我帶他們搭電梯上十樓；我也不確知那豪華套房在哪一層，反正這麼繞一圈、窺兩眼，父親比較「甘願」。那年頭也不是每個人都坐過電梯的。

有一回也是兩老一起來，父親早已被電視上大同水上樂園的廣告打動，急於去「嘗鮮」。而我，其實不怎麼想去；因為下午要上班，一個上午台北、板橋來回太匆忙；何況，那樂園還沒有甚麼內容。

水上樂園光禿禿，沒有樹；非假日，也冷清清，有些設備根本尚未完工——而居然就開始營業了！但既然來了，總不能甚麼也不玩，於是決定坐坐雲霄飛車。那時年輕，不知輕重，沒去想到兩老都已年過六十（後來還知道父親高血壓），更想不到飛車駛得那麼快又落得那麼重！我懷裡才三歲的小兒子嚇得哇哇大哭。更恐怖的是，飛車竟然在半空中被一塊可能是擦軌道或上油的抹布卡住了！工人費了好大的勁爬上來除掉抹布，才把吊在半空中老小四個乘客「救」下來。站在地上後臉色仍蒼白的母親諄諄交代我，「以後你們千萬千萬不要坐這個！」父親其實也嚇著了，嘴裡卻還逞強，「有甚麼好驚的！」緩過一口氣了，再追加一句，「真趣味啊。」

十數年後我到澳洲黃金海岸的「海洋世界」，倒也曾不怕死地和兩個旅行團團員一起去坐雲霄飛車。那才真叫雲霄飛車，不僅軌道起起伏伏「盤」得長、「列車」利落呼嘯飛上雲霄，還三百六十度瘋狂翻轉，又驚嚇又刺激；不管東方人西方人，都叫得聲嘶力竭——不叫的話，彷彿心臟不是要爆炸就是跳出口腔。下來時，旁觀的人說我們的臉都是慘白的。那年我也快五十歲了，我遺傳了父親的好奇，和憨膽。

因為好奇，父親常會受到廣告的誘惑，報上說一種叫做「過濾寶」的新產品，只要裝在水龍頭上，每天早上空腹生飲八大杯濾出來的水，對健康有極大助益云云。小鎮買不到，父親剪下報紙囑我在台北買。我在大店小店尋找，後來還是直接到廣告上那家進口代理商才買到。

我不曾試過那神奇的水，據當時住在家裡的妹妹說，爸爸每日起床便認真地喝它八大杯；喝得太脹，便認真地在前院後院來回跑步。過不久，爸爸宣稱有效，人為之神清氣爽不少。一向比較務實的媽媽卻嗤之以鼻，「你爸爸啊，甚麼東西給他用了都會說成仙丹。」妹妹則判斷不是水好，是每天跑步好；何況每天一早「清腸」也很合乎保健之道。我在台北遙想高而稱頭的父親認真執行的模樣，心裡歡喜，所以從不理會媽媽要我以後別再為他買甚麼新產品的叮嚀。事實上，那時也正好是我努力要讓自己長胖的日子——雖然以現在的標準來看，當時的我並不瘦。我也是根據報上的廣告，巴巴地去代理商那兒買了一種長肉的藥，叫做「美力肥」。朋友取笑我吃「歐羅肥」（飼豬的）；不過，我真的在很短的時間內長了兩公斤，臉好看多了。

父親最後一次來台北，是一九七六年十一月，遇上寒流來襲，我們生起了火爐。母親很享受爐邊打毛衣，和女兒說說閒話的安逸；父親看完報紙後卻開始不耐，說在屋子裡呆坐，不如回員林。

「這呢愛玩，幾個月前才去了澎湖和橫貫公路。」

「哪不是我愛玩，你哪有機會少年時就去阿里山、關仔嶺！」

然後，媽媽說爸爸愛和人大小聲、輸欲講到贏，有一回一夥人搭火車來台北，大姐夫說從後車站到我們家比較近，爸爸堅持從前站比較近；兩人相持不下，媽媽做公親，說分別搭兩部計程車不就知道了？結果爸爸付的車錢多一點，姐夫笑得很大聲，爸爸則訕訕然。媽媽不只一次提這樁舊事，一方面笑丈人和女婿像囝仔，「湊一擔」，一方面頗為自己當場想出裁奪的方法而得意。爸爸卻毫無陪媽媽複習的意願，在他，那是敗跡啊。他冷冷地，「這件代誌，你已經講了萬百回了。」媽媽生氣了，「你嘛是有些代誌講了又講，我攏沒講你，你竟然取締我了！」聽到取締，我和妹妹大笑。媽媽用詞一向有創意，取締、辯駁等等，好像在法庭裡。有人否認了先前說的話，她慣說的是，「他翻口供了。」

父親到底不願浪費時間在屋子裡，妹妹遂陪他上街；逛到遠東百貨公司的超級市場，買了兩包「人造肉」。那東西一年前在新聞裡出現時，他已著令我買過。所謂人造肉，其實就是黃豆做的素食，我們都說不好吃，只有他說好。為了表示自己另有見解吧，或者像母親說的，愛和人作對，「死鴨硬嘴巴」。這回他買了兩包，說是帶回去給鄰居見識見識。他說，「出去走走很好，看看中部無的超級市場生做甚麼款，總是比關在厝內卡好。」

每想起已走了二十多年的父親，就特別會想到這些芝麻小事。依母親的說法和兒女們的觀察，父親傻，一輩子相信人；為頭家做白工，被倒帳，都堅信人家是迫於無奈；好管閒事，在識字不多的眾多親族間「做頭人」，從編寫族譜到處理祠堂或親人之間的瑣事，起勁過頭，讓母親擔心人家會以為他從中得到好處；熱心（或自以為有公信力）為人排解紛爭，嗓門大又欠缺圓柔的技巧，常常兩頭不領情。……唉，最會想到父親的時刻，其實是在懊悔自己未經思索，講了太直接、會傷人感情的話，或者反應遲鈍，過很久才「頓悟」人家話中另有話。那種時刻，就想到母親說過我比較像父親。幸好，我也遺傳了他的好奇、憨膽，和對人性的信心。世界在好奇的、對人性有較多信心的人眼中無疑單純美麗得多。

——《布衣生活》，印刻

作者簡介

劉靜娟

一九四〇年生，台灣彰化人。曾任主編，現已退休。一九五八年八月在《中央日報・副刊》發表第一篇作品，一九八〇年以《眼眸深處》獲國家文藝獎，一九八五年又以《笑聲如歌》得第八屆台灣省文藝作家協會「中興文藝獎」（散文類），作品曾收入高中及高職教科書裡。著有《店仔頭開講》、《布衣生活》、《眼眸深處》、《輕鬆做事輕鬆玩》、《樂齡，今日關鍵字》等。

劉靜娟是一位對生活充滿興味的生活家。從《新生報》主編的崗位上退休後，她也從沒閒著。學畫畫、學書法、看展覽、逛書店、到附近的市場逛逛、到遠方的異域去旅行……，她用好奇的雙眼，盎然的興致，把生活妝點得多姿多彩。縱使只是逛市場，也驚豔連連，看出了許多被一般人忽略的美麗風景與人情。因為心胸豁達，所以，不吝自我解嘲；因為爽朗快樂，所以，最能掌握生活趣味；因為經常注目光明，所以，從不揭腐化隱私。她用最淺白易懂的文字，寫最家常、最富情趣的人生風景。她所說的故事，總是富含哲理，筆鋒常帶感情，是一位擅長說故事的散文作家，她的人和她的文章，同時見證了：生活，可以如此溫暖美麗。

作品導讀

生活，可以如此溫暖美麗

本文有別於一般思念文章的沉滯、遺憾，反倒充滿美好的回憶。對父親的描摹，也一反傳統威嚴、不苟言笑的嚴父設定，用詼諧幽默的筆觸，將父親描寫成一位樂觀、好奇，夾帶幾分固執的人。他興致勃勃「甚麼地方都想去玩，去看」，對於新奇事物總要「繞一圈、窺兩眼」的大頑童，甚至和女婿打賭，像「囝仔」一樣爭吵；他總是在一頭熱過後，訕訕然接受母親的嘲弄；他努力且持續地履踐報紙廣告的宣傳，勤於喝水，像天真的孩子。文中，作者反覆地提及她與父親性格的相似度：同樣「好奇」，所以喜歡求取新知、四處看看；同樣「憨膽」，所以年紀一大把了，還不怕死的去玩雲霄飛車；同樣喜歡「嘗鮮」，所以愛使用新產品，也不管是否真的有效。總之，父女二人面對人生總是充滿熱情。

散文開頭，以母親的形容，明白點出別人眼中的父親。不直接說父親的好奇，而由參觀展覽、乘坐雲霄飛車、逛超級市場購買「人造肉」等，來表現父親凡事「躍躍欲試」，連帶寫出父親對她的影響，並藉由回憶表達思念。文中的對話，新鮮靈動，除了使文章更形精彩外，也凸顯父親質樸的個性。而寫父親總是一頭熱，母親則擅於澆冷水，一搭一唱中，無形增加彼此的感情，雖是鬥嘴，但也知道一生就只有彼此了。這些看似不經意的筆觸，可謂淪肌浹髓寫盡了早期台灣父母的互動的模式，引人莞爾。文後，雖寫出父親單純的個性使他經常受騙；耿直的熱心腸常使他淪入兩面不是人的困境，但作者明白這些只看人生光明面的特性，讓社會在父親的眼中更加美麗，也許是一種更加美好的生存方式。

通篇文章中，作者所敘，幾乎都是小事，與父親深厚的父女情感，並非經歷顛沛流離所奠基，而是日常生活的點滴所累積，證明親情就像人生中不可或缺的陽光、水和氧氣，人們因為習以為常，所以，無法時刻察覺它的存在，卻永存身體之中，無法一刻或缺。劉靜娟筆端傾瀉而出的逗趣與溫暖，總會令讀者會心一笑，是一篇相當清淡動人的文章。

平路

歲月與……謎語之二

與高齡的父母親相處，
不由自主地，
我經常會想到最後的事。
父母親與我，
我們注定是要剩下兩個人，然後一個人……。
是怎麼樣的順序？
將是怎麼樣的排列組合，
從年少到現在，
我已經運算了千遍萬遍。

「可是，我只有一個人啊。」不該說的一句話，就這樣脫口而出。

母親經常下午打電話給我。那時候我常從教課的校門口開車出來。母親總是要我現在就開車過去，帶他們去吃晚飯。我聽見自己咿咿哦哦，遲疑著，可是，可是媽媽，現在才下午三點鐘。媽媽你看牆上的鐘，現在下午，三點鐘，媽媽，不是吃晚餐的時間。何況五點到七點還有課，我在路上，還要開車趕到關渡上課。而且週末剛過，我們昨天前天才一起上過館子啊。

母親自顧自地說，你爸爸講的，昨天去的那一家很好吃，你爸爸胃口不壞，想吃，他說今天還要再去。我手握方向盤，很難把話說得清楚。我推託著，有點口吃起來。猛地，這句話衝了出去：「媽，可是，我只有一個人。」

收起電話卻又後悔了。我用一句話堵住了她的嘴。不必說的，為甚麼我還是衝口而出。我怪自己，我該拿這樣的自己怎麼辦？

「媽，可是，我只有一個人。」這句話確實有效，護身符一樣，說出來，母親立即放過了我。

三個人分成兩組：一邊兩個人，另一邊，必定只剩下一個人。這是簡單的算術。母親記起了甚麼？從小，我們家只有三個人，她總站在父親的那一邊。他們隨時隨地有兩個人，而我只有一個人。我不知道她記起哪一段往事，聽完「我只有一個人」的這句話，她不言語了。

我僥倖地想著，想到我凡事只有一個人，或者這一瞬間，母親終於像疼憐親生女兒一樣地……開始疼憐我了？

實情是，比起兩個人相處，我並不討厭這個一個人獨處，甚至是珍惜這種情狀，就像是拜倫的話：「在孤獨中，反而最不孤獨。」

從小，我看著母親好似拿不定主意，總在期待父親的一個眼色。問她任何事情，她一定習慣性地說都是父親的決定。我冷眼望著：她怎麼樣用曲折的方式才得遂自己的意志。看在我眼裡，絕不是我想要的生活方式。

我一個人，他們兩個人。既然默默地坐在角落，沒有人可以商量，許多事情，我就在心裡琢磨定了，一人做事一人當，硬著頭皮，絕不抵賴。從年輕時候，一個人，走沒人踏過的荊棘路，做自認為應該去做的事，一個人旅行到世界的盡頭。心理上無牽無掛，許多時候，正是勇氣的源頭。

然而，真的是一個人嗎？

在我心裡，我跟父親又有不可切分的牽繫。夜半從夢中驚醒，第一個念頭，永遠是父親這個分秒有甚麼不舒服。

感覺上那麼貼近，父親神經末梢的些微疼痛，總是直接地傳遞到我心上。有時候，一句話不用說，手放在父親肩頭，我也會流下淚來。

強烈的牽連，彷彿與生俱來。與母親卻沒有這種心靈相通。有時候，碰到母親的皮膚，還會觸電一般，飛快地彈跳開來。

真是不公平的人世間啊，菟絲附女蘿，女人往自己身上繞著藤蔓，自認為與心之所繫的男人存在最緊密的連線。於是，我想起父親與我的另一重關聯：他在大學裡教的也是這門與人心息息相關的學問，但他喜歡談的始終是「科學」層面，寧可由量表測度人的性向，提起佛洛伊德，提起性與原慾，覺得是旁門左道、是妖魔外道，他從來對非科學的東西嗤之以鼻，日常言詞裡，他喜憎分明，絕不掩飾對精神分析的由衷厭棄。而我，父親鼓勵之下，曾經有可能做父親的同行。但在我的轉行（另一種形式的背叛）之前，大學四年當中，教科書有關精神分析的章節，最能夠引起我無限神馳。

若依佛洛伊德的學說，潛意識裡，我父親怕碰觸些甚麼？而我，卻又希望聯繫起甚麼？

而後來的我，十幾年前第一次去到奧國首都維也納。站在佛洛伊德住過的公寓內，牆上是安娜，一九一二年的相片。安娜那年十七歲，穿著碎花長裙，她挽著父親的手，神態中有一種愛嬌。佛洛伊德戴著禮帽，手上握菸斗，那樣的父女相依，豈不也是某種鶼鰈情深？

是的，從那個精神分析學之父身上去分析，他們家有一個不等邊三角形。佛洛伊德的妻子瑪莎，是太弱的母親角色，愈到後來，安娜獨占著父親的情感，兩人形影相隨，四處旅行開會，安娜亦是父親學術地位的接班人。另一方面，安娜妒嫉其他與父親接近的女性心理分析師，無論是 Ruth Mack Brunswick 或者 Dr. Helene Deutsch，在某一個意義上，她們都是安娜臆想中的「情敵」。

是他女兒？不止於做他的女兒，也是他精神層面上的嫡傳子。安娜，在希臘戲劇的象徵意涵上，既是戀父的安蒂岡妮、又是戀母的伊底帕斯。

安娜對佛洛伊德，不止是女兒，又是護士、祕書、同事、知己，更是解析的對象。安娜與佛洛伊德的關係，其實亦是證言。證明了佛洛伊德說的：「小女孩的第一個戀人總是父親。」

有趣的問題在於：第一個，注定了也是最後一個？

與高齡的父母親相處，不由自主地，我經常會想到最後的事。父母親與我，我們注定是要剩下兩個人，然後一個人……。是怎麼樣的順序？將是怎麼樣的排列組合，從年少到現在，我已經運算了千遍萬遍。我要怎麼樣忍住自己的眼淚：安慰癱倒在我懷裡的那一個？三個人、兩個人、一個人，按照自然規律，有一天，只會剩下一個人。如果能夠逆轉這個規律，千萬，千萬，不要讓我變成剩下的那一個。

到了後來，佛洛伊德在癌症末期痛楚下，信賴的醫生幫助他，依從病人的意願，佛洛伊德選擇了尊嚴地安樂死。安娜自始至終是默默的參與者。若按照俗世中偽善的道德觀，她擔任的是終結父親生命的「幫兇」。

佛洛伊德跟醫生討論終局：夠了，夠了，已經受夠了。於是，「告訴安娜我們的決定。」「如果安娜認為可以，就讓一切有個了結。」

告訴安娜，而不是告訴妻子瑪莎。關鍵的時刻諮詢安娜，而不是諮詢妻子瑪莎。

侍病期間，佛洛伊德對女兒依賴日深。在索福克里斯寫的希臘悲劇《伊底帕斯在克羅諾》中，原是女兒安蒂岡妮，牽著瞎眼的父親伊底帕斯往未知中走去。

在走向茫漠的時候，三個人中的哪一個，誰牽著誰的手為誰帶路？三個人、兩個人、一個人，3：2：1，另一宗獅身人面的謎語。問題是：這件事將會怎麼發生？又會怎麼結束呢？

——《讀心之書》，聯合文學

作者簡介

平路

本名路平。一九五三年生。台灣大學心理系畢業，美國愛荷華大學統計碩士。曾任職美國郵政總署、美國經濟與工程研究公司、香港光華文化新聞中心，並在台灣大學新聞所與台北藝術大學藝術管理所任教，現專事寫作。分別於一九八三年及一九八九年以〈玉米田之死〉和〈台灣奇蹟〉兩度獲得聯合報小說首獎。二〇〇〇年以〈血色鄉關〉榮膺九歌年度小說獎。著有散文《讀心之書》、《浪漫不浪漫》、《巫婆の七味湯》等，小說《玉米田之死》、《行道天涯》、《百齡箋》、《黑水》等。

平路的寫作，既感性又理性，題材廣泛，技巧多變，評論家范銘如以為，平路的作品一以貫之的關注焦點在於「喜歡凝視眾人目光投射所在的外環、光亮邊緣處若隱若現的灰暗，推敲被漠視的、被隱匿的曲曲角角」。因此，她擬想的角度，總能觸動讀者平日麻痺的神經。這篇文章看似喃喃敘說個人私密心境，實則從另類角度提出亙古的死亡議題。

作品導讀

未來，會是怎麼樣呢？

本文選自《讀心之書》。書裡，有一系列題曰「歲月」的篇章，反覆陳述並探討老年各項問題，揣想老人心情，因為全是由獨立照顧年邁父母的經驗中提煉，有深刻的觀察與情感，篇篇引人注意。

這篇文章像是平路探索潛意識的歷程。

對雙親死亡的恐懼自孩子懂事後開始萌芽，有時在午夜夢迴茁壯，有時又會在享受天倫團聚歡笑時開花，最怕的是結果的那日！偏是死亡的順序又是人生最難解的謎語。文章開頭，由一段尋常的對話帶出母親對父親的依賴，以及自己總是一個人的情景。但其後，她提出一個問句「然而，真的是一個人嗎？」於是，在這個問句下，她追溯與父親密不可分的關係。平路與母親並不親近，反倒對父親有著與生俱來的情感。雖然她選擇了父親厭棄的「精神分析學」，看似背叛父親，然而在潛意識裡，也許想和父親有更深層的連繫！

文章的發展隨之牽連至佛洛伊德與其女安娜的關係。安娜是佛洛伊德的事業接班人，平路也是，但她鍾愛於心理學中她父親最瞧不起的理論。這裡埋了一個伏筆。對佛洛伊德來說，安娜所扮演的角色不只是女兒，又是護士、祕書、同事、知己，更是解析的對象。佛洛伊德與安娜的關係成為「小女孩的第一個戀人總是父親」的最佳佐證。但此時，平路又提出「第一個，注定了也是最後一個？」的問句。這與前面所埋藏的伏筆隱隱暗示著父親與女兒是不同個體、總有一天要別離的結局。

佛洛伊德走了，在死前，安娜不再只是妒婦，處處以父親為中心，反倒是佛洛伊德對女兒的依賴日深，要安樂死前還徵求安娜同意。父親與女兒的責任、情感上的依賴於焉主客易位。

佛洛伊德和安娜、安蒂岡妮與伊底帕斯，都有了他們的結局。但平路和父母的未來仍是未知。未來，會是怎麼樣呢？死亡，會如何發生呢？人們終究得獨自面對孤獨。孤獨就像魑魅般在歡笑的毛細孔窺伺，趁你稍不注意時，冷不防地捅上血淋淋的一刀，這隻魑魅也許是自己過去的積累所餵養，失去以及遺憾往往淹沒現有的幸福泉源，就在追憶的瞬間，於是，追憶變得疼痛不堪。

透視全文，看出平路心繫父母，憂心忡忡，雖然自小學會獨立，但是終究離不開父母的羈絆，在難解的三角習題裡，希望逆轉定律，使自己不是剩下的那一個。然而，又該是誰呢？與高齡的父母相處，讓平路一直思考著生與死的問題，到底在未知的將來，誰將牽著誰的手往前走？平路最後拋出人面獅身的謎語，將一切謎題都鎖入其中。而讀者掩卷之際，恐怕都難免心有戚戚焉。

嘮叨

吳晟

年節將屆，
遠在南美的大妹，
寄了一些禮物回來給母親，並附上一封信，
信中有一段話說：
在家時，常覺得母親太嘮叨，
而今漂泊在外，
最想念的卻是母親的嘮叨。

年節將屆，遠在南美的大妹，寄了一些禮物回來給母親，並附上一封信，信中有一段話說：在家時，常覺得母親太嘮叨，而今漂泊在外，最想念的卻是母親的嘮叨。

大概很少年輕人不認為自己的母親不嘮叨吧？我們也常覺得母親過於嘮叨，有時不免會表示不耐煩，母親總是又生氣又感慨的說：講話也要費氣力，我每天的工作多如牛毛，還不夠累嗎？哪有精神多講話，只是以前有你們父親管教你們，我只要認真工作，其他事不必我操心，而今你們父親不在，我不管你們，誰管你們？

父親在世時，母親確實很少說話，每天默默的忙碌，全心照顧我們的生活。父親去世時，我和幾個弟妹都還在求學，學業又不很順利，母親常說父親最重視子女的教育，一生做人正直，唯恐我們沒有把書讀好，沒有培養成正當的人格，對不起父親的期望，因而常將為學為人的道理，一有機會，便一而再、再而三的叮嚀，反反覆覆的舉例，便顯得嘮嘮叨叨了。

其實，說母親嘮叨，不如說母親對我們的管教過於急切來得恰當。

年輕人大都不喜歡太多的管束，而母親對我們的管束又特別嚴格，我們曾多次聯合向母親抗議，直到有次母親傷心的說：你們嫌我太嚕囌，等我老去了，就不會有人對你們嚕囌了。從此我們再也不敢輕易有任何不悅的表示。而且年歲漸增，漸能體會母親的苦心，即使被嘮叨得很煩，也要想辦法化解不耐的情緒，不使顯露出來，以避免傷了母親的心。父親去世後，母親日日操勞，獨自撐持家計，東挪西借，籌措我們的學費，已經夠苦了，我們怎麼不孝，何忍再傷母親的心？

不過，遇到母親心情不好的時候，如何接受母親的嘮叨，卻頗費心思，我曾試過多種態度，都不理想。默不作聲呢？母親會說我在賭氣，講幾句就不高興；笑著聽呢？母親會說還好意思笑，還不知道反省；辯解呢？母親會說長大了，管一管就應嘴應舌；辯解時要是聲調提高些，母親更會認為我們是在頂撞。

經多年的經驗和揣摸，我們才了解母親的心意，原來爽朗的母親，也希望我們都有明朗的個性。因此，若是平常的嘮叨，只要專注的聽，便不妨事，若是帶有火氣的嘮叨，最好的態度，便是和母親開開玩笑，讓母親開開心。

以前兩位妹妹在家，每當母親又在喋喋不休，嘮叨的對象如果是我，妹妹就趕緊去端茶請母親喝，並向母親說：你罵累了，休息一下，換我來替你罵。便仿照母親的口氣，背起母親的家訓。嘮叨的對象如果是妹妹，就由我來做。我們聽多了母親的家訓，大都耳熟能詳，可以學得維妙維肖。

和一般沒讀過書的鄉下婦女一樣，母親受了甚麼委屈，有甚麼惱氣不過的事，也會順嘴溜出幾句罵女人頗不文雅的話，妹妹聽見了，就會走過去，輕輕擰住母親二邊的嘴角，笑著說：吔吔！又壞嘴了！美國博士的母親，怎麼可以這樣壞嘴。這時母親就會輕罵一句三八，訕訕的笑起來。

前年大妹帶了一部手提錄音機回來；遇到母親從嘮叨轉而為責罵，再進而罵出粗野的話時，我們就趕緊說：等一等，我去拿錄音機來，把這一篇錄下來，放給全鄉的人聽。錄音機一拿出來，母親的氣也消了。

大哥出國十多年，沒挨過母親的罵，我們覺得很不公平。母親說：那麼遠，罵也聽不見啊！大妹帶回來的錄音機，觸發了母親的靈感，叫我們備好錄音帶，要錄一卷寄去給大哥聽。等到錄音的時候，整卷錄音帶錄完了，卻聽不見一句責備大哥的話，只是談些家裡的情形，一切都很好啊！不必掛念啊！出門在外，全靠自己，要多小心啦！我們都笑母親偏心，母親說：出外生活較艱苦，心情一定不怎麼好，何必再刺激他呢。

妻在都市長大，很多生活習慣和鄉下不一樣，又是么女，對家事很生疏，況且鄉下家庭的雜事特別多，妻既要上班，又要負責所有家務，有些地方，當然不能盡合母親的意，難免常遭母親的指責；曾被罵得躲在房裡哭了好幾個小時，我埋怨母親不該這樣對待媳婦，母親說：媳婦和女兒也一樣，我並沒有壞意，我是教伊呀！

多年相處以來，妻不但適應了母親的嘮叨，甚且和母親站在同一陣線，管起我來，更加靠勢。有時覺得母親管得實在沒有道理，又不敢吭聲，只能生悶氣，妻反而幫著數說我：老人家的話，仔細想想，確實大都很有道理，就算是心情不好發發牢騷，多念幾句，我們也應該體諒老人家長年的辛苦。

——《吳晟散文選》，洪範

作者簡介

吳晟

本名吳勝雄。一九四四年生，台灣彰化人。很早便步入文壇，人稱「早熟詩人」。初中時，即發表詩作，高中階段，作品已刊載於《藍星詩刊》、《野風》、《文星》等刊物。原任彰化縣溪州國中教師，目前已自教職退休，寫作之餘從事農作，是一位執著於人和土地之間的作家，近年創作內容著重在觀照台灣生態的保護上。曾獲中國優秀青年詩人獎、中國現代詩獎、國家文化獎。一九八〇年應美國愛荷華大學國際工作室之邀請，前往研究。二〇〇二年獲彰化縣文學貢獻獎。

吳晟的文學創作以詩為主，散文為輔。他曾自云：「文學是我緊密相隨的友伴。」所以，一提筆就是五十年，至今仍創作不輟。著有散文集《筆記濁水溪》、《吳晟散文選》、《不如相忘》等，詩集《吳晟詩選》、《向孩子說》等。作品大都從實際的生活體驗中醞釀，穩實、博大，不矯飾、不故作姿態，和他的為人一樣。早年，以描摹母親的「農婦」系列文章，感動無數的讀者，作品屢屢被選入教科書及各種文學選本中。

作品導讀

叮嚀與嘮叨的距離有多遠？

本文寫親子的互動，從如何接受母親的嘮叨並將它加以分門別類開始，接著歸結出屬於個別的最佳反應方式，用幽默平實的手法，陳述在現實中實則無趣又令人不耐煩的囉嗦，妙趣橫生，令人讀之，不覺要噗哧發笑。

文章首段點題，從作者收到遠在南美的妹妹寄回的信，提到漂泊在外的遊子想念母親的嘮叨為導線，引發作者對母親「管教過於急切」的嚴格的回想。二、三段說明母親之所以變得嘮叨，乃肇因於父親逝世，母親得親上火線管教子女。四至六段，續寫母親的急切管教淪為疲勞轟炸，並插敘母親泣訴的橋段，以呈現孩子對母親的在乎及不願母親傷心的愛。正因如此，他們努力找到讓母親從操心中暫時走出的方法。接下來，具體描繪對母親嘮叨的回應方式，子女們由反擊、順應終歸認同，循序發展，合情又合理，是一篇不正面說教卻值得為人子女者反芻再三的文章。

本文對人物的刻劃，最多妙筆。不但母親的形象讓人印象深刻，圍繞著母親出現的眾多兒、女、媳婦，也無不語言傳神、個性鮮明。母子間的互動相當溫暖可愛，描述弟妹們對大哥出國十多年得以躲過砲轟，感受到不公平待遇。於是，決定用錄音機錄下母親嘮叨字句寄至遠方，沒料到母親的錄音卻從頭到尾只有談話家常般的叮嚀，並無半句責備，暗示嘮叨背後其實潛藏母親的深情與厚愛。而子女因為對嘮叨已耳熟能詳，所以，能熟練化身母親的腳色，「解救」正陷身水深火熱的手足。奉茶、妹妹輕擰母親嘴角等親密動作，更將親子間的情感表露無遺，雖寫嘮叨這看似不愉快的經驗為主軸，卻反而展現了母親的愛及手足間的互相支持的極其歡樂溫馨的一面。

情節的安排上，也循序漸進地呈現母親對子女的殷殷期盼和追憶父親的願望。像是武俠小說裡的大師，練就絕世武功，吳晟以極樸實之筆，寫極深之情。沒有華麗包裝，只透過滲入骨髓的人生歷練，再用直述法重新展現。他用事件的排序營造溫暖的氛圍，字裡行間，俱是深厚功力。

長輩的嘮叨，是許多人共有的經驗。因為不放心，所以，舉凡食、衣、住、行、育、樂，無一不能不加以提醒。但是如何看待「叮嚀」這件事，和設法了解父母是用甚麼樣的心情嘮叨，並非每人都能做到，正面的解讀如吳晟，是歲月積累下的成熟的人生應對，值得年輕人細加玩味、思索。

母親的花圃

林懷民

父親的事業有起有落，
我的工作恆常曲終人散，
唯有母親「無業」的事業始終一枝獨秀四季常春。
我發現自己常在力竭心灰時，
對著母親蓬勃繽紛的花圃發呆，
而得到重新出發的力量。

一九六九年出國留學的時候，母親送我到松山機場。臨別時她說：「你儘管去，不喜歡美國就回來！不一定要拿甚麼博士學位！」

雲門赴歐公演前，她千叮萬囑：「要好好照顧舞者，要讓大家吃飯、睡飽，不要讓大家著了涼……」千言萬語沒有一句提到她自己的兒子。

臨行前夕，母親戴上老花眼鏡，湊著檯燈為我的牛仔褲縫補綻。綴補著，談話是意識流的：小姪子的新牙，父親的感冒，花圃前夜開了一朵曇花……忽然嘆口氣：「你跟爸爸一樣，運動神經不發達，也沒音樂細胞，怎麼會去跳舞？」燈火下，母親的問號有無盡的無奈與低迴。

我的「庭訓」裡充滿了父親「震耳欲聾」的期許，卻不記得母親希望我變成甚麼樣的人物——除了要我們兄弟做一個「有用的好人」。我成年後的發展事事使她震驚。外人提及時，她又「處變不驚」地告訴人：「他從小就喜歡的。」彷彿早有預感。

七二年回國教舞事出偶然，後來「玩物喪志」要成立舞團，母親苦勸數月，曉以大義，多次最後通牒。等我找定了練舞所，她卻靜靜送來明鏡數片。雲門之後，家裡變成我的客棧，晚間排練時，父母經常「散步路過」，在舞室門口張望一陣。

母親出身新竹望族，留學東京。偶爾提到「學生時代」，不外是草月流、音樂會、咖啡屋……光復後遠嫁「下港」鄉間，跟著父親荷鋤下田，挑糞施肥，處理大家庭的三餐洗滌。父親從政後，母親裡外一腳踢，在家背著幼弟理家務，手中一把戒尺督促我和弟妹做功課。父親電話一響，彷彿只是五分鐘，她又打扮齊整出門去了。夜半醒來，隔著蚊帳只見她跪坐桌前為家用赤字傷腦筋。

如今提將起來，她只說，嫁給父親把她的「神經線」訓練得又粗又韌。五十之前，她為父親的競選擔驚受怕。五十之後，她為雲門公演的票房捏把冷汗。銷票不是雲門的作風，她只有乾著急。

看到觀眾如潮，母親的驚多於喜，因為始終沒心理準備要作「藝術家的母親」，也不十分明白為甚麼大家對她兒子的作品會有興趣。然而，她是最積極的觀眾。首演之後，她和我開「座談會」。「你看到沒有？葛蘭姆舞者的裙子和平劇服裝都有顏色相稱的襯裡？」「人家女生頭上都是戴花的，不能從頭到尾，都梳包包頭！」「不錯，大家都很有進步，手指也有了表情。」「不能因為觀眾鼓掌就覺得自己很不錯了。」在種種「更上層樓」的建議之後，「座談會」的結語是「永恆的」：「過癮過足了吧？讓我們收收攤子，開始做正經事了。」

但是她心裡雪亮，始終明白雲門的工作是「茲事體大」的正經事，只是不免期盼做這件正經事的，最好不是自己的兒子，特別是她兒子步入「中年」之後。實驗舞展的消息，母親是在報上讀到的。電話來了：「報上說魏京生和一條繩子掙扎是甚麼意思？」「繩子是布景。」「別騙我！我以母親的權利要求不許有繩子，會勒死的。只要有繩子就不許演！」「保證沒有繩子！」

首演下午排演時，忽然看到母親坐在黑黑的觀眾席中！「魏京生」很尷尬，只好把繩子給她摸：「你看是軟的，」把肚皮亮給她看：「你看，沒有一點痕跡，一點也不痛。」實踐堂裡人很多，母親很平靜地離去，託人轉告：「魏京生之舞，誇張的表情是不對的！」散場後回了家，母親很平靜地表示：「這是最後一次了！跳舞是年輕人的事。」說完就上樓。留下我和她為我準備的雞湯。

我們住在南部的時候，院子很大，母親養雞飼鵝，種了許多玉米、青菜。搬到台北，空間只宜於蒔花種樹，母親晨起澆水、施肥、剪枝、除蟲，一切在安靜中進行，有如她下廚、洗衣、掃地。突然，有一天，在例常的匆忙出門時，我發現搬入時龜裂的泥地，在母親的晨昏灌溉下已經長了青苔，而側院早已草木扶疏，一片綠意。

父親和我們兄弟各自忙著自己的工作，母親只是一個傾聽我們報告工作近況的忠實聽眾，只是默默以四時不斷的鮮花迎接我們回家。人去屋空之際，母親把無盡的無奈和低迴默默地注入她小小的花圃。父親的事業有起有落，我的工作恆常曲終人散，唯有母親「無業」的事業始終一枝獨秀四季常春。我發現自己常在力竭心灰時，對著母親蓬勃繽紛的花圃發呆，而得到重新出發的力量。

實踐堂表演結束後，有了難得的閒暇。母親很高興我終於給自己放了幾天假。暮春，花圃盛放著最後一批杜鵑，招來台北罕見的粉蝶。聊著家常，我試著為母親按摩，才驚覺到她雙肩僵硬如石。母親忽然提及，每日晨起，臂膀總是沒有知覺。我還沒來得及細問，她卻盤算起明天的工作：得去買隻捕蝶網，毛蟲吃去許多花瓣和嫩葉……

該去學好按摩，我想。

——一九八二年五月九日《聯合報・副刊》

作者簡介

林懷民

雲門舞集創辦人兼藝術總監。一九四七年出生於台灣嘉義，十四歲開始發表小說，大學時期出版《變形虹》、《蟬》，是六、七〇年代文壇矚目的作家，惜一九七三年發表

〈辭鄉〉之後，未再繼續從事小說創作。

他從政治大學新聞系畢業，旋即留美攻讀學位，一面研習現代舞。一九七二年，自美國愛荷華大學英文系小說創作班畢業，獲藝術碩士學位。後回國任政治大學西語系講師，教書之餘，於一九七三年，創立了台灣第一個現代舞團「雲門舞集」，開啟了一個新的舞蹈世紀。這位被國際芭蕾雜誌列為「年度人物」、被歐洲舞蹈雜誌譽為二十世紀編舞名家的傑出舞者，一九九九年，獲「東方諾貝爾獎」之稱的「麥格塞塞獎」頒贈「新聞、文化與傳播藝術獎」，成為台灣首位獲此獎項肯定的藝文界人士。對於獲得這項榮譽，林懷民除許下「讓更多人看到更好的舞」的承諾外，並坦言是一位「捉襟見肘」的藝術工作者，「多年來承父母包容、鼓勵」，決定將獲頒的獎金悉數送給父母，以「彌補我的歉疚於萬一」。本文原載一九八二年五月九日《聯合報・副刊》，內容就是敘寫母親對他的影響，包括人格的型塑與事業的支持。

作品導讀

傳統與現代在母親的心裡拔河

雲門舞集不只是林懷民的成就，也是台灣的光榮。這樣一位優秀的男性舞蹈家，在當年閉塞、保守的年代，執意投身舞蹈事業，需要鼓起多大的勇氣不言可喻。身為他的父母，受到傳統「玩物喪志」觀念的影響，起初當然也不免多方勸導、百般阻攔，然一見林懷民意志堅定，母親便毅然改弦易轍，轉而全力支持、百般呵護。

本文雙線並行，一邊描寫作者投身舞蹈事業後，母親的行動支援；一邊回顧母親由新竹望族下嫁下港鄉間，成為「裡外一腳踢」的強悍家庭主婦過程。林懷民的母親對孩子的愛是內斂、委婉的，所有的愛都表現在行動上。然而，又並非傳統母親的無條件的順應，譬如叮嚀將要留學的兒子：「不喜歡美國就回來！不一定要拿甚麼博士學位！」知道兒子一心向舞的心意不改，靜靜送去明鏡數片；觀舞後，理性提供觀後心得與建議；看兒子排舞、擔心道具傷人，特別以電話叮嚀告誡；告誡兒子適可而止「跳舞是年輕人的事」，然後，默默上樓，留下給兒子進補的雞湯……，感性的慈愛裡不乏理性的諍言，在那個年代而言，觀念與作法都堪稱十分開明、前衛。

林懷民的散文擅長醞釀氣氛，出國臨行前，母親意識流的談話，在架上老花眼鏡綴補及燈火的掩映下，添了幾分感傷；晚間排練時，父母「散步路過」，在舞室門口悵望的身影，教人看了不禁眼熱心動；而年少時隔著蚊帳見母親跪坐桌前為家用赤字傷神，更成功塑造了一位具有強韌適應力的母親形象。

因為林懷民選擇的行業特別，母親的勉力支持中，明顯潛藏矛盾與掙扎。對林懷民的事業發展震驚，卻「處變不驚」地以「他從小就喜歡的」回應外人的探問；苦勸、最後通牒多次不果後，默默送去明鏡以充實設備；不明白兒子的舞蹈何以引人興味，卻又成為最積極的觀眾；在「更上層樓」的建議後，卻又叮嚀可以收攤做正經事了……凡此種種，都體現了傳統和現代在母親心中的強力拉扯、拔河，靈動傳神。

文末母親叨念毛蟲危害花葉一事，隱隱以嫩葉、花瓣指涉孩子，而母親便像捕蝶網般護衛著兒女的成長。作者技巧地以母親栽植的花圃點題，暗示母親栽培自己的孩子，從龜裂泥地到生了綠苔，作為一個背景裡無聲的支持者，像在一天勞累後，欣欣向榮地迎接他們的那片花圃，是一個永遠的傾聽者。母親將無奈澆灌入土，成為支持的後盾；而作者也在句末藉按摩點出自己反哺的心意，打算從小處著手以報答母親的愛。文短情長，耐人尋味。

猴子

田威寧

猴子坐在牆上的背影被夕陽拉得好長，
頭低低的，駝著背，
似乎陷入了哲人慣有的沉思；
那樣的背影不涉蒼涼，無關悲傷，
反而透著來自生命底蘊的靈光。

八歲那年，大伯帶隻猴子回來。老家只有爺爺和我，每天過得都一樣，多了猴子的生活，也沒改變太多。

大伯在猴子脖上繫了條長鐵鏈，另一頭拴在桂花樹上，邊拴邊說：「我事多，就讓牠待在這吧！」爺爺未置可否，我和猴子倒是同時搔搔頭。

每天早上爺爺會在院子掃落葉宣告一天的開始，枯葉刮地嘎嘎作響，成為倒嗓的鬧鐘。爺爺修葺花草時，大大的剪刀喀擦喀擦，有種自成一格的節奏，暗合早晨的調，也有點京派的味道。花花草草生猛地張著竄著，互相越界屢見不鮮；雖然杜鵑的豔像是性格剛烈的女子，梔子花的白有著小家碧玉的矜持，爭起地盤時，全變身為叉腰罵街的潑婦。相較之下，猴子顯得安分許多，總是蹲在牆頭，悶悶地往外看；視線彷彿落得極遠，又彷彿落得極近。猴子黑黑亮亮的瞳孔讓人直覺牠有洞穿一切的本領，孤絕的背影像處於一切潮流之外。院子裡的桂花仲秋時香得不像話，常讓爺爺和猴子鼻子過敏，同時發出撕紙般的聲音。他倆一起打噴嚏時簡直像在照鏡子。

猴子始終沒有名字。

餵食的工作由我來，一日兩餐，無論我餵甚麼牠總是吃得精光，吃完甚至會將食皿倒扣表示不要了。年幼的我應視其為寵物，然而不知為何，對於那隻猴子就是無法打從心裡感到親近。每次把東西放在食皿後即速速離開，像晚一秒地就會裂開似的。後來的我甚至會刻意避開牠的視線，也許是因那眼神實在太像人了！猴子其實很乖，只要按時餵牠，不吵也不鬧；就算有時忘了，牠也只是眨巴眨巴地等著我想起，靜靜地。我曾經刻意忘了餵，希望能看到牠跟平常兩樣些的行為，但最後仍是我投降。

村裡的住戶都在院子種了許多「好吃的樹」，我家也不例外。爺爺上了年紀之後，行動不太方便，因此改由我來摘石榴與芭樂。忘了從哪天開始，猴子無聲無息地加入，摘完後還會堆成尖尖的小塔，軟的和硬的分開，相當聰明，不偷吃也不邀功。我得承認這點我輸了。猴子摘果子的側臉看來專注極了！堆果子的樣子像是小朋友堆積木，有時令我湧起摸牠的衝動，但畢竟沒有；事實上，除了大伯，家中沒人摸過牠，雖然猴子的毛看來紅紅軟軟的，像是上好的絲綢，觸感應該相當舒服。

剛開始，大伯約每週會回來看猴子（不是看爺爺）。見了「主人」的猴子既沒有表現出興奮狀，也沒有吱吱亂叫；把鐵鏈拿掉時不會野性大發，丟給牠香蕉和蘋果也不會狼吞虎嚥，只是輕輕接著，以一種作客的態度。這隻猴子像是長住家中的客人，住得再久也不會擁有家中的鑰匙，再放鬆也不會在浴室引吭高歌。牽牠的手要帶牠散步，牠總一副意興闌珊貌。「這隻猴子真不像猴子！」大伯的語氣聽來有些失望。我想大伯八成有著「期待的謬誤」，他不明白他帶回來的不是一隻狗。大伯一開始還會興致勃勃地幫猴子做造型，他愛把猴子的頭髮剪成安全帽的形狀，令人看了發噱。不過，隨著猴子的無動於衷，大伯回老家的間隔越拉越長，到後來根本像忘了有這回事兒。大伯態度的轉變完全在意料之中。

黃昏時，爺爺在書房念書，透過百葉窗篩進的光讓爺爺像是穿了條紋衣，也像是現出「蝦之原型」。我老認為爺爺像隻蝦。爺爺瘦瘦高高的，長年駝著背，小小的眼睛分得有些開，陽光透過百葉窗射進時會在爺爺身上投出橫條陰影，看來十分有趣。自從猴子來了之後，爺爺寫書法時多了很多無意義的停頓，循著爺爺的視線看去，猴子坐在牆上的背影被夕陽拉得好長，頭低低的，駝著背，似乎陷入了哲人慣有的沉思；那樣的背影不涉蒼涼，無關悲傷，反而透著來自生命底蘊的靈光。有時，牠的手動了動，真要懷疑牠也在寫字。爺爺最常寫的是我完全看不懂的草書，懸著的腕如曼妙的腰，動人地婆娑著；停頓時滴下的墨慢慢地暈開，像是一種神諭也像是待解碼的弦外之音。

缺乏玩伴的我窮極無聊時會在院子裡對著牆壁丟球。有一回，沒算好反彈的力道，球飛了出去，竟被猴子接得正著。猴子不將球丟還給我，也無意占為己有，只是把球輕輕地放在院子裡的溜滑梯上，牠的食皿旁邊。猴子轉過身去，露出牠的紅屁股，尾巴往上勾，看來像個問號。我始終沒有去撿，出自一種奇異的自尊心。

爺爺生日那天，大伯專程送了個大蛋糕回來，不過，是爺爺不愛吃的鮮奶油蛋糕。大伯老忘了有胃疾的人不能吃奶油。我問大伯猴子幾歲？牠個子不小，應該有點年紀了。大伯滿嘴奶油含糊地說：「哪知道？朋友抓來的。」我還想多問點甚麼，但大伯一下要我幫他泡茶一下要我幫他買菸。對話始終未完。

很難得知猴子想不想家，喜不喜歡跟我們在一起，因為猴子與爺爺像是在進行「誰先講話就輸了」的比賽。有時我甚至覺得他們沒有聲帶，偶爾發出的簡短音節，像沒拴緊的水龍頭，滴答聲引起的回音在空盪的屋裡被放大無數倍。

下雨的時候，我總是感到猶豫，因為爺爺沒指示我讓猴子進屋，猴子也看不出想進屋的意思。猴子來家裡後的第一個雨天，我拿了把傘到院子，把傘撐開，正準備放著時，發現自己行為的愚蠢，訕訕地回屋裡。透過雨水縱橫的窗看猴子，一切變得有點兒不真實。滴滴答答答滴滴中，我看到猴子一躍而下，以一種極其優雅的弧度落在溜滑梯的階梯，一手攀著邊緣，翻身將自己藏進溜滑梯中間的直角三角形裡。「簡直是個大俠啊！」我不禁這樣想著，嘴巴不自覺微張。

一個盛夏夜晚，蛙和蟬忘情地叫著，叫著叫著整個夜瀰漫著一種永恆，彷彿教堂的鐘聲正悠揚。那樣的夜太美麗，萬事萬物都在瞬間得到相應於心的諒解。

爺爺突然下樓，拄著他平常擱著的核桃木枴杖。爺爺在院子裡吃著綠豆糕，我端了碗銀耳蓮子湯過去。爺爺突然哼起了小曲，以一種自顧自的節拍。猴子在牆上露出有點兒狐疑的臉，胸口起起伏伏的，一會兒，猴子跳了下來，鐵鏈拖地的聲音在夜裡顯得格外詭譎，讓我想到所有不該想到的鬼故事。爺爺的枴杖斜靠在搖椅，被鐵鏈勾倒了。月光下，爺爺臉部的線條有著說不出的溫柔。爺爺彎下腰，不是撿枴杖，而是把猴子的頸圈鬆開。爺爺的手不太靈光，頸圈尚未鬆開綠豆糕倒是散了一地。那一刻，我覺得猴子的眼裡有些甚麼。

隔天，猴子依然在矮牆上出現。然而，沒有拴住猴子這件事遭到鄰居抗議。我只好再次鏈住牠。雖然猴子相當配合，頭自動低下來，但我的手抖得不像話，且完全無法看猴子的眼睛，我怕我會掉眼淚。

之後，我們的互動模式沒有改變太多。猴子依舊不會跟我玩，雨天時爺爺依舊讓牠窩在溜滑梯下，爺爺寫書法時依舊時常停下來。只是，在非常偶爾的時候，猴子的食皿裡會多了幾片綠豆糕或是一小撮甜納豆，那是小時候的我最愛吃的。

好久不見的大伯回來了，微醺的他開懷地說：「竟然有人要！我過幾天回來拿。」大伯也沒問爺爺的意思，大伯是這樣的人，說風就是雨的。爺爺是這樣的人，當他想說甚麼，他才會說。猴子絕對是靈性排行榜第一名！牠沒聽到大伯說的話，我也始終沒想好該怎麼啟齒，但牠知道！因為最後幾天，雖然猴子仍把食物吃光光，作息也沒有任何改變，但眼睛突然變混濁，像是天將明未明時的夢。現在回想起，爺爺過世前的眼睛也是那樣。

我沒跟猴子說再見，因為大伯來時我在學校，整天眼皮一直跳。那天的營養午餐是我心中的黃金組合，但筷子卻成了千斤重。上課時心不在焉，在課本上不停地塗鴉，雖然都是寥寥幾筆的勾勒，但很明顯畫的都是我家猴子的背影。

猴子走了，留下頸環與鐵鏈。爺爺把那些都丟了，包括食皿。爺爺總能自若地獨處與棄絕。那時的我才驚覺：「猴子的東西」竟只有這些！奇怪的是，猴子跟我們住了大半年，卻一張照片也沒有。

我沒有太多離別的感傷，只是覺得圍牆變了溜滑梯變了果樹變了；天濛濛亮時，夕陽西下時，傾盆大雨時，明月皎皎時，感受尤其深刻。雖然爺爺是個嘴硬的人，但相信我們想的是一樣的。

猴子始終沒有名字，因為牠不需要。

——二○○六台灣文學獎散文類推薦獎

作者簡介

田威寧

政治大學中文研究所碩士，目前執教於北一女。曾獲台灣文學獎、外省台灣人協會「家書徵文」、懷恩文學獎、林語堂文學獎、台北文學獎等。著有散文集《寧視》。

田威寧自承文學生涯開始得相當晚，二十四歲回北一女實習時，因陳美桂老師介紹的〈民國女子〉，讓她自此走進張愛玲的世界。碩士班的論文指導教授柯裕棻常和她聊起許多作家與作品，並介紹喜歡的書給她。那些書帶給威寧新視野，文學因此成為她的信仰。於是，開始嘗試以一篇篇的文字表達心底的感覺，並在閱讀與書寫中得到莫大的安歇。二十五歲第一次投稿，〈爺爺與甲骨文〉讓她拿到生平第一個文學獎，她期許自己以誠懇的心寫出平淡、近自然的文章，以最素樸的文字展演最深刻的感情。

作品導讀

因為不想被傷害所以不敢愛

本文是台灣文學獎散文類得獎作品，得到評審相當的肯定，藉一隻猴子的去來暗寫被棄絕的人生，展現現代人際的疏離，相當具有巧思。

文章中的猴子、爺爺和作者，各自踽踽獨行，端賴大伯牽絲拉線地圍繞成一個假面家庭。偏大伯是一位說風就是雨的人物，行蹤飄忽，性情不定。心血來潮時，熱情回來給爺爺慶生，卻帶了患有胃疾的爺爺不能吃的鮮奶油蛋糕；興沖沖攜回猴子，其後，又自作主張帶走猴子，全然無視於家人的感受。興頭地幫猴子做造型，沒多久又似乎完全忘了猴子的存在。不管是對人或對猴子，都只維持五分鐘的熱度。大伯看似無關緊要的配角，其實正是全文的樞紐，是四個角色中唯一具備主動行為能力者，不管是被畜養的猴子、年邁且幾近被棄絕的爺爺或稚齡無自主能力的作者，都只能仰賴大伯藕斷絲連的照顧或無奈接受大伯隨時可能棄養他們的事實。

作者花費了相當多的筆觸，類比爺爺和猴子，從生理上的相似到處境上的相同。

爺爺和猴子都鼻子過敏；爺爺長年駝背，自從猴子來後，寫書法時多了很多無意義的停頓；而猴子坐在牆上的背影也是「頭低低的，駝著背」，有時手動了動，也像是在寫字，兩者都有相同的孤絕背影；猴子離開他們家前，眼睛忽然變得混濁，而爺爺過世前的眼睛也是那樣……這種種外觀的雷同，凸顯潛藏字裡行間的弦外之音：爺爺和猴子一樣弱勢、孤單，在大伯心中的分量與地位完全一樣，都是認命地隨時準備好被遺忘、被棄絕。

而作者和猴子也顯現隱晦的類比。作者有別於孩童的天真、熱情，表現出孤僻、不擅溝通的自顧自，和猴子一樣。他餵食猴子時，刻意和猴子的眼神錯開；摘芭樂時，猴子無聲的加入，將果子堆成尖塔，不偷吃也不邀功，作者看猴子可愛，毛紅紅軟軟，卻按捺住撫摸的衝動；作者對著牆壁投球，被猴子接住，猴子把球輕輕放溜滑梯上，也不丟還，作者基於奇異的自尊心，也始終沒去撿拾；下雨天，作者原想持傘為猴子遮雨，隨即感受行動的愚蠢而訕訕然離開，猴子一躍而下，像個大俠般藏進溜滑梯下方，也不求援；大伯回家表明過些時日將帶走猴子時，作者心生不捨，卻難以啟齒，猴子也作息正常，只是眼睛變得混濁；猴子走了，作者和爺爺都嘴硬，說是「沒有太多離別的感傷」，可是眼中看去，卻甚麼都不對勁。

這三個同病相憐的角色，在同一空間生活，卻鮮少互動。只在一個盛夏的夜晚，爺爺在月光下，忘形地將猴子的頸圈鬆開，爺爺的臉部線條溫柔，猴子的眼睛裡彷彿有些甚麼，是爺爺和猴子相處以來唯一的交流；隔天，因為鄰居抗議，作者只好重新鏈住猴子，作者的手抖得不像話，猴子配合地低頭就縛，作者差點掉下眼淚，這也是作者和猴子唯一的互動。而這破天荒的另類接觸，感覺如水晶見張愛玲時所說的「諸天震動」。

猴子走了！爺爺無情地將猴子留下的東西全都丟棄，不留絲毫，因為只有繼續維持自若的獨處和棄絕，才不會被愛所傷害！爺爺到底先前接受過多少傷害，才決定不再愛？天真的作者卻只發現，猴子始終沒有名字！其實，爺爺和作者也一樣，名字是給人稱呼的，沒有溝通的世界，哪需要名字！

時差

黄信恩

時差於他而言，
只是一條模糊的界線、蒼白的鐘面。
它模糊了晝與夜，
勞動與安眠，旺盛與衰退，
卻永遠模糊不了母與子的關係。

我一直認為，長年臥床的人，在室內燈光的明滅中，過著專屬的日夜交替，身上一定存在時差。

時序已進入第三年仲夏，我仍時常在夜裡，聽見阿嬤數聲的喊叫，接著是爸醒來，搖晃走過樓梯後的一陣驚動，那力道使我下意識張了眼翻了身，隱約感到阿嬤房裡燈源被開啟，一片明亮。

那年夏季，因為一場跌墜，阿嬤從此無法行走，陷入臥床之途。那時，爸人在加拿大，第一次面臨照顧臥床老人，我與媽慌了手腳，僅知趕緊攤開涼蓆，驅走盛夏熱氣。只是氣溫高燒不退，我們過於在意清涼，忽略竹蓆堅硬質地，第三天便開始面對褥瘡難題。第一個被發現的褥瘡位於背部薦椎處，那病灶帶著一種藍紫與玫瑰紅交錯的色澤，枯瘦的皮下正流出透明的體液。隔天，又發現第二處褥瘡，位於踝關節外側。

臥床以後的褥瘡，總是如此，以一種無節制的姿態擴展著。它提醒我們定時翻身、注意通風、更換軟式床墊。當然，關於那些家常生活，譬如飲食、沐浴與排泄，阿嬤現在一項都不能。每次欲如廁，她會喊我的名字，然後我趕到，將雙手伸入她的腋下，托起，扶往一旁的流動馬桶。接著右手維持支撐，左手則脫下她的褲子，準備坐上馬桶。

只是更大的難題是，我們開始要處理「時差」的問題。日夜週期對一位臥床病患而言，不是簡易的概念或計算。時光過於抽象，流速過於安靜，阿嬤總是躺在床上昏睡，然後醒來，啖食，排泄，進行一些碎裂無章的對話，便又睡去。她開始日夜顛倒，頹廢的清晨，亢進的深夜，因此我們會在睡夢中聽見她欲就廁的呼叫。

一週後爸迅速返國，來不及調整時差，厚重行李尚未整頓歸列，他便開始購置通氣臥墊、罐頭食糜等，同時帶著阿嬤就醫，並循著指示，練習褥瘡傷口塗擦與包紮。不過，這十多小時的時差恰是一個精準微妙的巧合，使得爸與阿嬤有了極大的作息交集。

起初，夜間狀況爸會處理，但他終究還是要調整時差的。日日夜夜，夜夜日日，爸與阿嬤開始在混亂時序裡，對抗時差。我漸漸發現，時差只是一個矇騙現狀的用語，更多時候，它的本質是失眠，一場蠢動的老化工程——粉碎生理作息，毀壞記憶修復。

阿嬤的記憶也開始出現了「時差」。

那天，阿嬤坐在輪椅上被爸推來神經內科就診。醫師出了幾道題問她，類型有是非判斷、人時地指認、長短程記憶、摘要歸納、與簡易計算等。我才赫然知道，跌跤以後的近程記憶，阿嬤全都忘了，有些新舊記憶甚至交錯，時空對位。醫師說，她開始有痴呆，「人時地」中，因為「時」始終維持變動，因此失智老人將先失去時光相聯的記憶，接著是「地」，然後才是「人」。

此後，爸開始在阿嬤耳旁教導記憶，也溫習記憶。你幾歲？幾個孩子？叫甚麼名？住哪？午餐吃了嗎？早餐吃甚麼？我是誰？誰來看你了？你快樂嗎？這些簡易而退化的問句，爸會模仿孩童的語調，慢慢地說，憨憨地問，口氣中有一點詼諧，也有一點遊戲況味，卻又讓人感到笑與不笑都不是的窘境。

不久，爸突發奇想，他拿起兩部對講機，阿嬤與他各執一機，然後爸會躲在近處，刻意提高音質，假裝是旅美孫子越洋來電。爸的目的在於給予阿嬤一些臥床生命的驚喜，因為他知道，阿嬤獲知孫兒來電會遺忘疼痛，獲取復甦的力道。而爸也樂於這樣的飾演，縱使那些孫孩早已步進青春，嗓音理應轉而低沉，阿嬤從不思索時差關係，也無法分辨電話與對講機，信任機子內爸滿是破綻的假童聲，加上重聽，她只知貼著話筒盡責講著：「你有想阿嬤無？」

那是他們母子間的新對話。穿越時空，爸成為孫，孫則滯留在永恆的童年，未有發育，在扮演中練習固守時差。

那陣子，我家的甦醒時刻也存在時差，總是比整座城市快了一小時。每天，我醒在一片飄逸花生醬的空氣中，烤箱內已是塗滿各式口味的吐司；聽覺不再是以往送報機車的引擎聲，而是阿嬤房裡傳來的電視嘈嚷；廚房總是一臉躁動過後的模樣，爸已將那組裝早晨的生活零件，一一備齊。

常常在盥洗中，我聽見房裡傳來的對話：「你幾歲？幾個孩子？今天星期幾？」在爸的想法裡，記憶的底限必須在一日之始便予防禦，他相信，唯有如此反覆地演練，阿嬤的記憶才得以堅妥，足以與老去抗衡。

那樣生動的清晨，我會繞去阿嬤的房裡，她被爸扶坐在流動馬桶上，惺忪的眼神隨時準備睡去，顯然仍是處於晝夜倒置的時光。爸見我來會央我一同攙抱阿嬤，將她側臥於床上，例行一日的褥瘡塗藥。好幾次，順著爸的棉棒推移方向，我發現他的專注與條理；有時我還會看見，阿嬤皺萎的下肢在爸的牽動下，被動伸縮，遵循復健指示，在簡易的節奏中，索求奇蹟。之後，爸開始擰毛巾，準備接下來的擦澡。而我，出門了，在交通號誌最囉唆的時刻，卻感到戶外空氣的輕省。

其實我也不確定，這種走出家門的感覺是否叫「輕省」？有好幾次，我對這樣輕易的出門舉動，感到罪惡、了無責任感。最近幾次回家時，我撞見爸躬著身，穿上束腰帶，背著阿嬤。阿嬤擔心摔落，一手繞過爸的頸項，一手碰觸牆壁，試圖抓住牢靠之物。上樓，下樓，爸的頸上浮出暴漲的血管青筋，汗滴滾滾，臉色脹紅。後來我才知道，爸計畫讓阿嬤接觸外界，他將她背至一樓，然後乘坐輪椅，推往附近公園。爸會隨身攜帶數位相機，將阿嬤的圖像留在繁花麗景中；有時心血來潮，沿著步道一路推往市場外環的水果攤，讓阿嬤練習購買；週末時，他還會將阿嬤抱上休旅車，開上高架道，直驅山區，讓她享有假日的輕盈與光亮。

爸都不曾感到疲累嗎？他會厭倦如此日日不懈的負載嗎？我不知道，只知道爸似乎懂得如何與阿嬤在另一個時空裡，安適生活。

有次回家，浴室裡一片譁噪。原來是爸將阿嬤連同流動馬桶一起搬到浴室，拆下坐墊底部盛裝穢泄的容器，讓她光著屁股，再以水柱沖洗糞口。阿嬤會感到清涼，一種愉悅熱鬧的溫度。我才明白，阿嬤解便後不習慣使用衛生紙，糞便的擦拭是以水洗去。後來，我陸續發現，阿嬤退化的記憶裡，那些關乎時代與風俗的未曾衰變。譬如飯食，她慣於吃粥、番薯簽或地瓜葉；譬如語言，她無法遺忘台日語，時而吟唱日本小調；譬如炎夏，她樂於蒲扇的搖動，不安於電扇的快轉。她將時光安心地停擺在一個恪守儉約的朝代，抗戰、日據或光復，我不清楚。

那是一道她專屬的時差，隔著歲月與世代，看見飢餓與遷徙。

「爸，需要幫忙嗎？」當我再次目擊爸背著阿嬤下樓，我說。但爸連忙搖頭，「你好好念書，你不會做的，這些事你不用管。」他說得乾脆、直接。

那陣子父母外出，我得一人在家監視阿嬤的動靜，聽候叫喚隨時待命。這寂寞時空裡，總會使我想起身邊朋友，他們或許此刻在餐館品嘗美食，紀念青春滋味，漫談情愛美好；他們或許在球場，激烈的動作中，展現線條；他們更或許已在遙遠旅途上、異色街道裡，放縱嘴欲，享受聲光。我開始學會拒絕朋友的邀約，理由是「家裡有事」。起初他們熱心追問，展現關懷，但答覆過於頻繁，我漸漸厭倦解釋，生活圈也安靜起來。

一人照顧阿嬤，其實也只不過反覆一些基本的生活技能。照著三餐飲食，她最愛魚粥、不能太燙、不要多量，飯前記得圍上兜巾，飯後記得服藥，然後清理掉落食屑；晚睡前，記得卸除活動式假牙，然後舀一壺水，端一臉盆，供其漱口；偶爾幫她修剪指甲、陪她看電視、滴眼藥水。只是，我最不善於處理腹瀉情境。

有次我聽見阿嬤尖銳的呼叫，去到房裡才發現是一褲子的癱軟糞便。至今我仍記得那氣味，它是那樣霸氣、無法消滅，於是我憋氣，扶起阿嬤準備更換衣褲，然而糞便滑落，沾得被單滿是。我對異味相當敏感，將阿嬤擺回躺臥姿勢，衝回客廳翻找口罩，伸手之際，才赫然發現，自己身上也沾染糞便。接下來的時光慢了下來，我與阿嬤相覷，陷入一種微妙的安靜，之後她竟微笑說：「毋要緊，等爸爸返來再處理。」

而爸總比預定時間提早返家。他會立即進房將我驅逐，臉色有些冷淡，然後接手照護阿嬤，我的責任界線似乎至此為止。

十多個月過去了，阿嬤還是時常處在一個時光錯亂的狀態中。有時她意識清醒，有時卻又胡言亂語；有時整夜安眠，有時卻又突然喊餓。甚至，她開始出現無意義的呼叫，常常喊了幾聲，我們趕到，卻甚麼事都沒發生。

阿嬤還有時差嗎？她明白晝夜交替的原理嗎？她找到對抗時間的策略嗎？

有回，我坐在她身旁，那一刻她相當清醒，言語充滿條理，眼神盡是專注。她說了一些婚姻的道理後，向我感嘆無法行走的餘生，生活孤單，日子恣意荒廢，愧對爸與家人的勞碌。我趕緊告訴阿嬤不要這麼想，說完，她又回歸迷糊的對話，顛三倒四的作息。然而我知道，一定有甚麼東西，位於記憶底層，永遠清醒，恆久戍守，那裡是時差無法侵略，歲月無法風化的。阿嬤一定仍能感覺晝與夜，白與黑，而且牢記記憶底層，那些我未曾懂過的生命資產。

至今，我依舊看見爸不發一語地背負阿嬤，彎腰，緩緩站立，上樓，下樓。他開始在背膀貼起辣椒膏，治療痠痛。我想，五十多歲的中年男人，骨質該是流失的時候，而我的二十初歲，也該是上場背負阿嬤的年齡。但爸始終不放心，擔心摔墜意外，嫌我的經驗缺乏、惡我的好管閒事。

許多時候，我覺得那真正有時差的不是阿嬤，而是爸自己。他一直認為，他還年輕，是阿嬤力壯的兒子，而他的兒子仍處於幼稚、不懂事的年少，無權也無能負荷阿嬤的體重。但他確實已開始裸露衰老的痕跡——鬆弛的皮紋，間雜的白髮，消退的視力。時差於他而言，只是一條模糊的界線、蒼白的鐘面。它模糊了晝與夜，勞動與安眠，旺盛與衰退，卻永遠模糊不了母與子的關係。

但也或許，那更巨大的時差存於我身上。我還是停留在十多歲的青春裡，性喜遊逛，富於幻想，一個隨時準備抽身而退的旁觀者，學不會精準的傷口包紮、忍受不了糞便惡臭、堪不起長期無歇的犧牲照護。更多時候，我是追不上成人世界裡的那段時差。

——第十九屆梁實秋文學獎散文創作類優秀獎

——二〇〇六年十月廿一日《中華日報》

作者簡介

黃信恩

一九八二年生。高雄醫學大學醫學系畢業。喜歡寫作小說與散文，曾參與多項徵文比賽，無論聯合報文學獎、時報文學獎、林榮三文學獎、全球華文青年文學獎、教育部文藝創作獎等全國性比賽，或各地方文學獎，每每手到擒來，幾乎所向皆捷，是近年來相當被看好的年輕寫手。著有散文集《游放醫師》、《體膚小事》。

作品導讀

時光過於抽象，流速過於安靜

〈時差〉是第十九屆梁實秋文學獎的首獎之作。寫父親勉力親侍病中阿嬤的經過。文章最精彩處，是靈巧地將祖、父、孫三代的記憶時差跟現實生活中的時間錯亂的時差縮合，帶出各人時差所呈現出的精神與生活狀態。作者的醫學背景，讓他對老化、老人失智等病症有準確的描繪，也成功做了各種類比，使得文章緊密地扣住題旨發揮，「時差」一詞因之有了更寬廣的詮釋空間。

故事從一場無預警的跌墜起始，阿嬤從此陷入晨昏莫辨的臥病生涯。由加拿大星夜趕回的阿爸，來不及調整旅遊的時差，即刻投身侍母的行動，十多小時的旅遊時差正好和阿嬤狂亂的作息暗合了節拍；阿嬤記憶的時差，其實是一場蠢動的老化工程——粉碎生理時鐘，毀壞記憶修復。阿爸於是綵衣娛親般地以假童音假冒旅美孫子，用童音和阿嬤對答，以提高阿嬤的生命驚喜，在阿嬤耳邊慢慢憨憨地教導記憶、溫習記憶，這種爸變為孫、孫回歸童年的把戲，父親在扮演中固守時差。除此之外，父親還有另類時差，他老忘記自己已然逐漸衰老的事實，老認為兒子不堪重任，他錯估自己還年輕，還是阿嬤力壯的兒子，而他的兒子仍處於幼稚，無能負荷阿嬤的體重。

阿嬤的時差又是另一種——她將時光安心停擺在恪守簡約的朝代，看見飢餓與遷徙，慣於吃粥、番薯簽、地瓜葉，吟唱日本小調，樂於蒲扇的搖動。而儘管阿嬤已被失智找上門，但偶爾也能神志清晰的說些充滿條理的道理，顯見再是老病，也有時差無法侵犯的記憶底層，差堪安慰。

作者的時差則是停留在十多歲的青春裡，喜遊逛、富幻想，追不上成人世界。他眼見父親清晨即起，為阿嬤準備早餐，為阿嬤塗藥洗澡，吃力地背負阿嬤至一樓坐輪椅，帶到公園照像，踱到市場，讓阿嬤練習購買，週末開休旅車載阿嬤出遊……。他束手旁觀，走出家門那刻，雖感輕省，卻充滿無責任感的罪惡感。五十多歲的父親該是骨質流失的時候，而二十初歲的作者，該是上場背負阿嬤的年齡，然而，生活總是逸出常軌，不按牌理出牌的台灣父子比比皆是，有人說這是現代版的「孝子」——孝順兒子。作者雖身在泥沼中，卻常抽腿退出，理性分析，作出最深沉的反省，並非冷血，只是力有所未逮。

〈時差〉裡最動人的是那位忘記時差，猶然漲紅著臉揹負老阿嬤下樓享受假日輕盈與光亮的父親，那樣無怨無尤、那般奮不顧身，那麼絞盡腦汁地設法和阿嬤的記憶抗衡，他假扮童音和他老邁母親玩著電話遊戲的圖像，讓人過目難忘，甚至淚眼模糊。

就像作者說的：「時光過於抽象，流速過於安靜。」如果不是黃信恩寫出的〈時差〉，我們依然渾然不覺春夏秋冬的變化。

孫將軍印象記——兼記一隻箱子

黃碧端

有時想起見到他的情景，
輪廓有點模糊了，
那彷彿成為表情的一部分的微笑卻是極度鮮明，
還有他以手按胸，
說自己不信教，「只相信這裡」的神情。

孫立人將軍在十一月十九日告別了他充滿傳奇的一生。

前年夏初，我曾因偶然的機緣見到孫將軍，得半日的盤桓閒話，此時寫下來，也許聊可作為一點歷史註腳和對孫將軍的紀念。

先翁和孫將軍是清華的同學，在校時少年意氣相投，曾一起組隊打籃球，且結拜為兄弟。先翁來台之初因此曾在台北的孫府小住，有一隻大皮箱當時便留在孫宅。其後不數年，孫將軍被黜，形同幽囚，三十幾年間整個世界都失去了他的訊息。這隻留置孫宅的箱子，先翁自己都可能忘了，先翁過世後，晚輩更無一人知道。七十七年的春天，忽然親友輾轉傳話，說孫立人將軍有電話，希望我們去取回一隻先人的箱子，了卻他一樁心事。外子和我因此在那年暑假驅車台中，按圖找到向上路孫府。

當時為孫將軍平反之聲已漸起，這也許是他開始較能和外界聯絡的原因。我們到時，應門的人，據後來將軍告訴我們，也已經是保全人員而不是治安人員了。

應門的大漢進去通報，我們在院落裡等著。我想起水晶寫張愛玲，說見到張愛玲，「諸天都會起震動」。手無寸鐵的張愛玲使諸天震動，曾經統率大軍屢建奇功的孫將軍，出現時「諸天」又當如何呢？我在等候的那一兩分鐘裡，心情是好奇，也不無一種伴同期待而來的忐忑。

然後孫將軍從庭院一端的小徑走過來了。不，我當時並不能確定是不是他，因為以一位年近九十的人來說，他是極挺拔而步履安穩的。然而，是孫將軍，遠遠地帶著微笑走來，諸天並沒有震動。孫將軍彷彿完全忘了自己的彪炳功業，眼前只是一位清雅而祥和的老人。他穿著格子襯衣，米色長褲，腳上穿雙跑鞋，是非常輕便而年輕的打扮，他的臉色紅潤，幾乎沒有甚麼皺紋。在隨後的二、三個鐘頭裡，我發現我早先注意到的微笑，其實是他面容的一部分——一個你也許期待他不怒而威的將軍，結果竟是不笑時也永遠有一種和悅如微笑的神情。

孫將軍仍有極好的記憶。先翁少年的事情，小輩們都不甚了了，將軍談來則仍歷歷在目。他提到同期幾位一起打球的朋友後來結拜為兄弟，先翁長數月，是老大，將軍居次。那一屆的清華同窗人才濟濟，聞一多、梁實秋都是。當時清華是留美的預校，這些人後來也就同時赴美，但各進了不同的領域。

孫先生住的是日式宅院，屋裡放著唱機，他說年紀大了，看東西吃力，日常還是聽聽音樂的多。屋角的一隻凳子是象腿做的，我笑問是不是將軍從緬甸或印度打來的，他說是啊，本來是一對。另一隻我竟不記得他說下落如何了。他又領著我們看了屋裡各處，有一個小神龕，他說是太太拜佛用的，樓上還有一個，說著轉頭問我們：「你們信不信教？」我們回說都沒有宗教信仰，他於是放心說：「我也沒有，我只信這裡——」他說時把右手貼在左胸上。

走過一大櫃書時，孫將軍停下來說，這些書是當年撤退時一路運來的，我正考慮捐給清華大學，那是我的母校嘍，但不知他們能不能安頓一個好地方，這些都是善本，隨便放著，壞了可惜。——那櫃裡都是宋明版的線裝書，渡海來台時將軍正當叱吒風雲的盛年，但是，持劍的將軍並沒有忘了書，我一直聽說孫將軍中、英文根柢都好，從他對那一櫃書的牽掛，也許也可以看出性情的一斑。

當然，談話並沒有觸碰到「孫案」，外子只試探地問，這些年，心情一定很受影響吧？將軍看了我們一晌，淡淡地說：「歷史一定會還我公道的。」我不知道他是寧願這樣相信，還是真對歷史的公正有這麼大的信心。他顯然正急切地要在餘日中把惦記的事情一一清理好，包括那一櫃想捐給清華的書，包括那一隻要我們來取的箱子。對瑣事尚且如此一絲不苟，對於事關他一生榮辱的兵變案件，他能淡然到甚麼程度，當然不是我們一次晤面淺談所能觀察到的。歷史也許會使真相更貼近真相，但歷史卻也可能使是非判別的角度扭轉。孫將軍極在意自己的清白，我卻忍不住要生出一點淘氣的想法來：歷史會不會雖然證明了孫將軍的清白，卻又顯示他為了清白而作的倫理堅持並沒有絕對的意義呢？孫將軍的悲劇無疑在這裡：他為忠誠受疑而付出代價，在生命中其他的榮耀都被剝奪之際，他唯一在意的是要證明自己的忠誠。歷史還報他的，會不會是類似岳武穆的史評，使他贏得了尊敬，但否定了他的忠誠的絕對意義？這問題，也只有歷史能回答了。

孫府的後院種了不少花草蔬果，孫夫人指點給我們看各是些甚麼。顯然花草多數是她在費心照顧。那隻成為隔代緣會的引線的大箱子就在後院的儲藏間裡，兩位「保全」人員幫忙抬出來，箱子厚重，生鏽的鎖也無鑰匙可開，先翁隸籍陝西，孫先生看著箱子開玩笑，說這箱子看來還是陝西牛皮做的呢！但我們卻疑惑，這箱子，沒有任何名牌標記，蒙塵鏽垢的程度顯示三、四十年間沒有人啟動過，其間將軍自己又經過天翻地覆的大變動，家當都是別人安置他時一併「移送」的，怎麼證明是該我們取回的呢？但將軍堅持，說我不會記錯，這是陝西老牛皮做的箱子。兩名保全人員建議把它撬開看看，其中一個隨即去拿了起子槌子來——我想他們的好奇程度可能猶甚於我們——將軍仍說不要不要，完整地帶回去再處理，你父親怎麼交給我的，我就怎麼交還你，他對外子說。

我們於是一路帶著這隻「陝西老牛皮」的大箱子回到高雄，找鎖匠剪斷了鎖。裡頭這樣重，竟只是些尋常鍋盤碗碟，已經發硬的衣物，還有一頂蚊帳。一直到找到一截先姑過世的輓聯，才終於證明這隻箱子果然是該我們領回的。這隻箱子想來是先翁來台時匆促間胡亂填充就帶著的，後來過孫府小住，發現裡面並沒有甚麼需用的東西，便留置下來沒有帶走，可能日後自己也完全忘了有這隻箱子了。

然而，這隻箱子，在孫將軍心靈顛沛的歲月中跟著他謫遷，上面雖然沒有任何標記，他卻清楚地記得是誰的東西，而在終於能夠有限度地跟故人通音訊的九十高齡，他要箱歸原主（即便只是原主的後人）。

我想起蘇格拉底飲鴆前不忘向鄰人借過的一隻雞，但是，才借的雞容易記住，我不能理解的是，孫將軍如何在三、四十年間牢牢記住別人不經意留下的一隻破箱子！

自古美人如名將，不許人間見白頭，從前讀到這樣的句子，曾想到對孫立人將軍特別適用，也許因為他彪炳的勳業和煥發的英雄形貌同時喚起我們對英雄和美人的兩種珍惜之情。而英年被黜，使他意外地在老去的歲月裡維持著英雄不老的形象，像濟慈或雪萊，在生命光燦之際離場，或者像岳武穆，把壯志未酬的遺憾留給世界，從此再不老去。

因此，我不能不說，意外地有一個機會去看孫將軍的時候，我固然有一種去看一個英雄的期待，我也因為終究要面對英雄白頭而有一絲不忍和遺憾。然而，原來老去的英雄仍可以極動人，這卻不一定是我先前所曾想到的。告別時，孫將軍殷殷送到門口，說下回你們來，也不必約定，我除了上醫院檢查以外，總是在家，你們有時間就來便是。我們唯唯，卻因路途遙遠，且也知道九十高齡的人不一定禁得起太多訪客的攪擾，因此始終沒有踐履再訪之約，隨後不久看到各界為孫將軍祝九十大壽，盛況足可視為非官方的平反，將軍重新出現在眾人面前，也許百感交集，也許對歷史的公正更增了信心，減低了憾恨吧。

然而我終也不敢說孫將軍一定有怎麼樣的憾恨，有時想起見到他的情景，輪廓有點模糊了，那彷彿成為表情的一部分的微笑卻是極度鮮明，還有他以手按胸，說自己不信教，「只相信這裡」的神情。許多英雄人物，在極度失意時都以宗教力量來幫助自己度過難關。在這一點上，孫將軍是勇者中的勇者，這樣的勇者不待宗教的天國迎接，人間最終的是非便是他所信仰的天國，當他說「歷史一定會還我公道」時，恐怕便是以一種宗教的虔誠在講吧。

如其然，走進歷史的孫將軍也就無懼地走進屬於他的國度了。

——《沒有了英雄》，九歌

作者簡介

黃碧端

一九四五年生。台灣大學政治研究所碩士、美國威斯康辛大學文學博士。曾任教於美國印地安那大學，歷任中山大學外文系系主任、教授，政治大學西語系兼任教授、暨南大學語文中心主任及文學院院長、台南藝術大學校長、教育部政務次長，著有散文《有風初起》、《沒有了英雄》、《月光下．文學的海》、《下一步就是現在》等，評論集《在沉寂與鼎沸之間》、《書鄉長短調》等。

在台灣文藝圈裡，黃教授的經歷，可謂十分特別，除了系主任、院長、校長的行政教職外，她還擔任《表演藝術》月刊總編輯、兩廳院副主任、中正文化中心副主任、高教司司長，二〇〇八年春，她轉任文建會主委一職，開始掌管台灣的文化政策並將之付諸實施，並於二〇一三年出任教育部政務次長，過人的行政長才，是一般的作家所難企及的。也許就是因為多了幾分理性的思考，黃教授文格如人格，優雅冷靜、從容自在，用字遣詞，精鍊蘊藉，觀察細膩、說理周延，對社會脈動、國家現狀有充分認知，每有精闢的剖析與建言，文章雄肆，卻理直氣和，絕無咄咄逼人之勢，可說是台灣學者散文的代表。

作品導讀

歷史，從庭院那端的小徑走來

本文是黃教授較少見的感性文章，是記人文字中的精品，寫面見孫立人將軍並取回先人留置孫家的一口箱子的經過。作者夾敘夾議，側寫孫先生與其尊翁的交誼，正面迎對忠誠受疑的老將軍，寫他的英姿不改，寫他的一絲不苟，並偷偷揣度他對所謂的「兵變」案件能淡然到甚麼程度！更進而質疑就算歷史果真還報孫將軍最在意的忠誠，而值此亂世，忠誠的絕對意義又在哪裡！

巧妙的記人文字，不止寫容顏，還寫丰采與風骨。黃碧端筆下的孫將軍，微笑清雅，臉色紅潤，步履安穩，不笑時也永遠有一種和悅如微笑的神情，不因久遭禁錮而躁鬱，若非人品高尚、修持深厚，何能致之！所以，對孫將軍形貌的描繪，不但寫丰采也兼述風骨。而重要的人品呈現，黃教授提點讀者四個重要方向，一是牽掛當年撤退時一路運過來的一櫃書的安頓，證明持劍將軍沒有忘記讀書；二是對歷史必還他公道的信念，彰顯將軍對忠誠的堅持與掛懷；三是對箱歸原主的慎重其事，不因顛沛流離而或忘，揭示將軍一絲不苟的處事態度；四是以手按胸，說自己不信教「只相信這裡」的自我承擔，真正的強者無須仰賴宗教來度過難關，他信奉良知。這四點，加上長者對故人子嗣的親切招呼，分別開來，是美好人品的一一呈現，聚攏言之，是孫將軍的風骨所在，軍人的武德——智、信、仁、勇、嚴，堪稱無一不備。

黃教授因為銜命前往提取一口沒有任何標記的箱子，從中看到甚麼叫做「信守承諾」，我們則從黃教授的文章中見識到甚麼叫做「真英雄」！黃教授文字舒徐，深具感染力，讀者隨著她的彩筆，一路看到孫宅的院落、日式宅院中的唱機、屋角的凳子、櫃裡的善本線裝書、後院的花草蔬果、儲藏間那口黃家寄放的箱子……重要的還有孫將軍的微笑與執拗的忠誠形象，讀著、讀著，我們彷若看見孫將軍又從庭院那端的小徑含著和悅的微笑緩緩走了過來。

紅紗燈（新版）

琦君 著

記憶中一盞古樸的紅紗燈，那是外祖父親手為她糊的。無論哀傷或歡樂，數十年的生活經歷，似乎被凝縮在溫馨的燈暈裡，更化作力量，給予她信心與毅力。這盞紅紗燈就是紮紮實實的希望，引領著她邁步向前……。

兩 地（新版）

林海音 著

一個是父母的家鄉，一個是成長的地方。客居北平時，遙想故鄉台灣的親人；回到了台灣，卻懷念北平的人情景物。兩地的相思，懸著的是一顆想念的心。於是，林海音寫下了對這兩個地方的思鄉情，為生命中的兩地留下溫暖的回憶。

台灣平安

洪素麗 文・圖

《台灣平安》一書的寫作，涵蓋的時間與地域是寬廣的。從大霸尖山的霧林帶到北美的溫帶雨林；從西班牙的陽光海岸到熱帶摩鹿加群島；從孟買的雨季到港都哈瑪星的烏魚季。洪素麗以她充沛的文學與藝術才情，圖文並茂地標示了其對文學、藝術、文化的無國界觀。

對荒謬微笑

廖玉蕙 著

世間多少荒謬事？何妨一笑置之！平凡人、平凡事，在廖玉蕙的文章中，別有一番動人心弦的風情。她以幽默清新的筆調、深情包容的眼光，看待生活中的種種不如意，並用「心」拾取身邊的閒情逸趣。她的情感細膩，觀察入微，因而成就了這本有趣的小品。

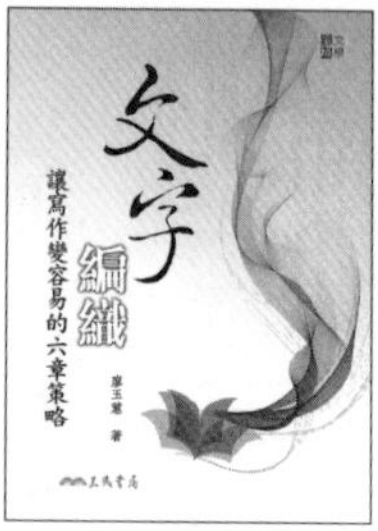

文字編織：讓寫作變容易的六章策略　廖玉蕙　著

面對生活中頻繁使用文字的機會，該如何學習，才能在寫作上獲得顯著的進步呢？知名作家廖玉蕙女士親自撰寫這本《文字編織》，將她多年來獨門的創作經驗與您分享。書中介紹許多實用可靠的寫作「小撇步」，只要細心研讀，你我都能成為「文字編織」達人！

神探作文：讓作文變有趣的六章策略　林黛嫚、許榮哲　著

●行政院新聞局第二十九次推介中小學生優良課外讀物

名偵探福爾摩斯接到德文郡警長的邀請，請他到德文郡解決一件奇案。隨著案情越來越離奇，福爾摩斯面對這些懸疑難解的問題，竟然採用「作文」這個武器來與歹徒周旋！到底福爾摩斯如何利用寫作技巧來破案呢？快翻開《神探作文》，跟著福爾摩斯，一起當個「作文神探」吧！